I0780032

Baciata dal tritone

ANIME GEMELLE MOSTRUOSE
LIBRO UNO

TAMSIN LEY

Twin Leaf Press

Tutti i personaggi di questo libro, che siano alieni, umani o di qualsiasi altra natura, sono un prodotto dell'immaginazione dell'autore. Qualsiasi somiglianza con persone, situazioni o eventi reali è puramente casuale.

Nessuna parte di questo libro può essere riprodotta, trasmessa o distribuita in alcuna forma o con alcun mezzo senza l'esplicita autorizzazione scritta dell'autore, fatta eccezione per brevi citazioni destinate a recensioni, articoli o blog. Questo libro è concesso in licenza esclusivamente per il piacere della lettura. Un'infinità di cuori e baci e grazie infinite per l'acquisto.

Versione cartacea

Copertina di Tamsin Ley

@ Edizione italiana: Tamsin Ley; 2025
@ Edizione originale: *The Merman's Kiss*, di Tamsin Ley; 2017
Tutti i diritti riservati.
Versione tascabile
ISBN-13: 979-8-89548-020-5

Twin Leaf Press
PO Box 672255
Chugiak, AK 99567

Un tritone dal cuore ferito. Una donna che non crede più di poter amare. Un legame impossibile che cambia ogni cosa.

Zantu ha evitato il legame di coppia per trentacinque anni, sfuggendo alle sirene che lo vorrebbero spezzare. I tritoni si legano per la vita... e quasi sempre muoiono di crepacuore. Lui non rischierà quella fine. Non finché un bagliore dorato non lo attira verso una semplice missione di recupero—che si trasforma in passione, desiderio e un legame irreversibile con un'umana.

Briana crede che la sua vita sia finita dopo la perdita di suo figlio. Poi incontra Zantu: selvaggio, sensuale, caldo come una corrente tropicale. Ogni tocco la riaccende. Ogni bacio le ricorda di poter respirare di nuovo—sott'acqua e nella vita.

Ma il mare è pieno di occhi e pericoli. Per proteggere la donna che il destino gli ha dato, Zantu dovrà scegliere tra tenerla accanto... o tenerla al sicuro.

E in entrambi i casi, rischia di perdere ciò che resta del suo cuore.

Uno

Brianna lasciò cadere il test di gravidanza nel cestino del bagno e raggiunse Eric a letto. Lui aveva il portatile sulle ginocchia e studiava uno dei suoi report sulle proiezioni finanziarie aziendali.

«Negativo», disse, cercando di nascondere il tremore nella voce. Le lenzuola erano gelide contro la sua pelle.

Senza distogliere lo sguardo dallo schermo, lui allungò la mano e le diede una pacca sulla spalla. «Ci riproveremo il mese prossimo.»

Dopo una bambina nata morta quasi due anni prima, avevano seguito il consiglio del medico di aspettare un anno prima di riprovarci. Ora era passato un altro anno senza un raggio di speranza. E se avesse perso la sua unica possibilità di essere madre? Una lacrima le scivolò dall'angolo dell'occhio, bagnando il cuscino. «Forse dovremmo smettere di provare.»

«Se è quello che vuoi.» Eric fece scorse col touchpad.

A Brianna doleva il petto. «Eric?»

«Mmm?» tamburellò col dito sul touchpad.

«Eric.» Stavolta la voce le si incrinò. Almeno lui distolse lo sguardo dal computer. I suoi occhi le ricordarono i pesci nell'acquario del suo ufficio: rotondi, scuri e privi di emozione. Brianna represse le lacrime e si spostò in avanti per appoggiare la guancia sul braccio di lui. «Fa' l'amore con me.»

Il suo avambraccio si irrigidì quando lo sfilò da sotto di lei. Il petto di Brianna si alleggerì per un solo battito di cuore, poi il braccio di lui si posò di nuovo intorno alla parte superiore del suo cuscino. Le diede una pacca tra le scapole e tornò a guardare il computer. «È tardi. Ci riproveremo al prossimo ciclo.»

La brezza salmastra che soffiava sul molo aveva il sapore delle lacrime. Alle sue spalle, alcune persone sparse si dedicavano alle loro attività di bassa stagione lungo il lungomare. Davanti, solo cielo e acqua vuoti, incolori, grigi.

Brianna si gettò dal molo.

I pesanti piombi da pesca stretti attorno alla vita fecero il loro dovere, trascinandola verso il fondo abbastanza in fretta da tapparle le orecchie.

Aveva sentito dire che morire annegata non era un brutto modo per andarsene, ma l'acqua salata le bruciava gli occhi e il naso. E l'acqua era fredda. Davvero fredda. Mentre la luce in alto svaniva in un blu torbido, guardò le ultime bolle d'aria gonfiarsi verso l'alto dalla sua camicetta. Chi l'avrebbe mai detto che il fondo fosse così profondo? Un banco di pesci bloccò per un attimo la scarsa luce e poi scomparve.

Il petto le bruciava per il bisogno, ma aveva paura di prendere fiato. Era sicura di volerlo fare? Lei ed Eric erano sposati da tre anni prima che si rendesse conto che lui era un pezzo di ghiaccio e non sarebbe mai cambiato. Nemmeno la nascita di Pauline, morta, era sembrata toccarlo. Ma non era nemmeno l'unico pesce nel mare. Il divorzio sarebbe stato così terribile? Poco prima di morire, suo padre le aveva fatto giurare di non divorziare mai da suo marito. L'abbandono di sua madre gli aveva strappato una parte dell'anima. E così lei aveva promesso.

Ma lui se n'era andato. Questa era la sua vita.

O la sua morte.

È una stupidaggine! Afferrò la cintura di corda che le pesava sui fianchi. Era piena di nodi dove aveva legato i pesi da cinque libbre. Quale nodo la teneva chiusa? La sua camicetta larga, utile per nascondere i pesi a terra, si gonfiava nella corrente. Non riusciva a vedere i nodi. Con entrambe le mani, sollevò l'orlo della camicia e si sfilò il capo dalla testa. Gli avidi artigli dell'acqua la portarono via.

Il suo sedere rimbalzò contro il fondale, sollevando una nuvola di limo. Un fiotto di bolle le sfuggì dalle labbra. Serrò la bocca. L'aria le uscì invece dal naso. I suoi polmoni torturati bruciavano come se stessero per esplodere.

Il suo piede sinistro raschiò della pietra e tentò di alzarsi. Di spingersi verso la superficie. La roccia le scivolò da sotto i piedi mentre la marea la portava al largo.

Era così stupida. Perché aveva pensato di voler morire? E in quel modo, come cibo per i pesci? Con gli occhi che bruciavano nell'acqua salata e si sforzavano nella luce, cercò il nodo giusto. Le dita erano intorpidite dal freddo. Pungenti. Altra aria le uscì dal naso. I polmoni le urlavano di prendere fiato.

La luce si affievolì. Con entrambe le mani, spinse la cintura, cercando di farla scivolare giù lungo i fianchi. La corda si tese un po'. Forse poteva sfilarsela. Tranne che l'elastico dei suoi pantaloni capri vanificò quell'idea. Slacciò il bottone e se li fece scivolare lungo le gambe, portandosi via anche le mutandine. Scalciando, abbandonò il tessuto alla marea.

Senza il suo consenso, i suoi polmoni bevvero un sorso d'acqua e lei si piegò in due per la tosse. Poi i suoi polmoni si riempirono. Non c'era aria per tossire. Le sue gambe nude raschiarono contro il fondo roccioso.

La vista le si stava oscurando per la mancanza di ossigeno. O l'acqua stava diventando più profonda?

Una strana calma si impossessò di lei. Un altro banco di pesci bloccò la luce torbida. Lei sbatté le palpebre. Forse la morte non sarebbe stata così male. Come addormentarsi. E forse la sua bambina l'avrebbe aspettata dall'altra parte.

Mani forti le afferrarono le braccia sopra i gomiti. Un uomo con i capelli a spillo e gli occhi scintillanti la fissò in volto. Qualcuno era venuto a salvarla! Gli gettò le braccia al collo. O almeno ci provò. L'acqua smorzò il movimento. Entrambe le gambe gli si avvolsero intorno alla vita come se potesse arrampicarsi su di lui fino alla superficie.

I suoi occhi si spalancarono, argento metallico sotto una linea scura di sopracciglia. La pelle liscia le scivolò sotto la punta delle dita. Il suo viso si avvicinò, gli occhi che penetravano nei suoi. Una bocca decisa trovò la sua e la sua lingua scivolò dentro.

Lei sussultò, la vertigine dell'annegamento si trasformò in un leggiadro balletto acquatico di desiderio. Come un'esca, la lingua danzante nella sua bocca risvegliò istinti che non sapeva di possedere. Creò una pulsazione nel suo centro, un bisogno più grande dell'aria. Inclinò la testa e ricambiò il bacio, intrecciando la sua lingua con quella di lui e inviando scosse di elettricità dritte al centro del suo essere. Le sue gambe intrecciate spinsero i suoi fianchi contro i suoi. Si strusciò contro la linea dura di un'erezione.

Una nota prolungata — non proprio un gemito, né proprio un canto — la circondò. Le penetrò fin nelle ossa. Lui si tirò indietro, le mani sui suoi fianchi. Il bacio continuò in una beffarda parodia della consumazione.

Per una frazione di secondo, si chiese se questo fosse il risultato di un'ultima fantasia morente. Un tentativo della sua mente di proteggerla dall'orrore della morte. Ma poi l'attimo svanì e tutto quello che conosceva era bisogno. Il bisogno di essere un tutt'uno con lui. Di sentirlo dentro di sé. Di scacciare la morte con lo stesso atto che crea la vita.

Ancora con le gambe strette intorno a lui, lo tirò di nuovo a sé. Si inarcò per incontrarlo. Lo implorò silenziosamente di più.

E con la stessa naturalezza del respiro, il cazzo di lui la riempì.

Che...? Il pensiero echeggiò nel suo cervello, come se stesse sentendo i suoi pensieri oltre ai propri.

Eppure non ebbe tempo di fermarsi a riflettere. Le mani di lui scivolarono giù per stringerle le natiche, tirandola più vicina. Ondulò contro di lei come un'onda.

Stordita dall'estasi, lei spinse i fianchi a ritmo con lui. Reclinò la testa all'indietro in modo che l'angolo della loro unione le accarezzasse le creste più interne. Brividi le percorsero le cosce, si raccolsero al centro del suo ventre. Era qualcosa di primordiale. Un bisogno più grande di quanto avesse mai saputo potesse esistere. Una richiesta che escludeva ogni pensiero tranne la soddisfazione.

Tutt'intorno a loro, la corrente turbinava mentre lui spingeva. Il puro istinto le fece stringere più forte le gambe intorno alla sua vita. Niente importava ora se non l'apice. Il liberatorio rilascio di qualcosa di più grande di quanto avesse mai sperimentato prima. Il calore la inondò, bruciandola dalla testa ai piedi. Pensieri confusi si scontrarono nella sua testa. Sesso. *Magia.* Calore. *Respiro.* Vita. *Sì!*

Urlò l'ultima parola, gettando la testa all'indietro mentre l'orgasmo la scuoteva.

Le dita dell'uomo le si infissero a fondo nelle natiche mentre si univa a lei.

A occhi chiusi, col petto ansimante per lo sforzo, si rilassò tra le sue braccia. Il battito del suo cuore le pulsava nelle orecchie e le sue membra erano flosce come meduse. Il sesso con Eric era sempre stato scialbo. Clinico. Aveva cercato di compiacerlo, ma non aveva mai trovato l'estasi di cui molte delle sue amiche parlavano tanto. Ora sapeva il motivo di tanto clamore.

Un braccio muscoloso la strinse alla vita e un'ondata d'acqua le spostò i capelli dal viso. Aprì gli occhi, il respiro le si bloccò in gola. Poi si irrigidì. Respiro? Stava respirando. Come faceva a respirare?

I pesi che indossava le premevano sull'anca mentre lui la teneva stretta a sé. Con una forza sorprendente, li spinse attraverso l'acqua, concentrato su qualcosa davanti a loro. Il suo sguardo osservare i capelli a spazzola e la spalla nuda. Giù per la schiena, la sua spina dorsale si ergeva in un ventaglio spinato. *Una pinna?*

Sbatté le palpebre, chiedendosi se i suoi occhi le stessero giocando brutti scherzi nella luce torbida. Era sott'acqua. Ma respirava. Fece scivolare una mano sulla sua scapola e su per la pinna fino alla prima spina ossea. Allungando il collo, guardò giù per tutta la lunghezza del suo corpo. L'acqua salata le salì in gola. Dove avrebbero dovuto esserci le gambe, una coda argentata terminava con una pinna ondeggiante. *Quest'uomo ha una coda.*

Aveva appena fatto sesso con un tritone. E ora lui la stava portando più in profondità nel mare.

Due

Il calore della femmina gli scorreva nelle vene come una droga. Zantu l'aveva vista in difficoltà e aveva avuto l'intenzione solo di perlustrare il suo corpo in cerca di qualcosa da recuperare, una debolezza ereditata da suo padre. Il luccichio dell'oro intorno al suo collo lo aveva spinto a osare di avvicinarsi. Poi lei gli si era avvinghiata addosso come una piovra. Una piovra molto calda. Il suo cazzo era scattato fuori dal suo fodero come il corno di un narvalo che perfora il ghiaccio, pronto a reclamare il calore di lei prima ancora che il suo cervello avesse il tempo di elaborare l'atto. L'atto irrevocabile.

E ora la bellezza dagli occhi verdi possedeva del tutto.

A differenza delle femmine dei tritoni, più promiscue, che cercavano di accoppiarsi con qualsiasi cosa avesse un pene, i tritoni si legavano per la vita. Un tritone che si legava era condannato a una vita di miseria, poiché la sua compagna lo avrebbe tradito ripetutamente. Avrebbe cresciuto i figli, coccolandoli come un padre cavalluccio marino finché anche loro non lo avessero abbandonato. La maggior parte dei tritoni moriva di crepacuore.

Zantu strinse i denti e rafforzò la presa sulla sua nuova compagna. L'aveva sentita irrigidirsi, probabilmente per fuggire tra le braccia di un altro uomo ora che si era presa ciò che voleva. Ma Zantu non avrebbe permesso che accadesse. Era determinato a trovare un modo per legarla a sé tanto strettamente quanto lui era legato a lei.

Avrebbe trovato un modo per domare quel capriccioso cuore di femmina.

La donna si divincolò nella sua stretta, dimenandosi inutilmente mentre lui si tuffava oltre il primo baratro verso la zona di nidificazione. Le unghie di lei si conficcarono nella carne della sua spalla e le sue gambe nude scivolarono lungo la sua coda.

Gambe.

Non aveva mai immaginato di legarsi a un'umana. Le sirene seducevano gli uomini di continuo, ma i tritoni, privi delle capacità seduttive delle femmine, evitavano il contatto a ogni costo. Molte leggende narravano di umani che davano la caccia ai tritoni per divertimento.

Mentre la donna si dibatteva, la peluria che le copriva le parti intime gli sfiorò il fianco, calda e invitante. Il suo cazzo si ridestò a quell'invito. Gli era stato detto che il legame sarebbe stato forte quando fosse accaduto, ma l'attrazione che provava era inevitabile come la marea. Le sistemò la presa in modo che fosse sotto di lui, con lo sguardo rivolto verso l'alto e gli occhi fissi nei suoi. Lei aprì la bocca come per parlare, ma non ne uscì alcun suono. Era muta? Forse era a corto di ossigeno? La magia del suo bacio avrebbe dovuto permetterle di respirare con la stessa facilità di una creatura degli abissi finché la luna non si fosse oscurata. A quel punto la magia avrebbe dovuto essere rinnovata, o lei sarebbe annegata. Almeno, questo era ciò che le sirene dicevano degli uomini che seducevano. Ma forse il bacio di un tritone non era altrettanto potente?

Dopo aver guardato avanti per assicurarsi di essere sulla rotta giusta, chinò il capo verso di lei e le coprì la bocca con la sua. Le labbra di lei erano incredibilmente morbide, e si muovevano contro le sue mentre continuava a cercare di parlare. Le sue mani scivolarono sulle spalle di lui e lungo la sua pinna dorsale, provocandogli brividi sulla pelle. Il desiderio si risvegliò di nuovo in lui. La strinse più forte a sé, bandendo ogni pensiero di avanzare mentre le spingeva la lingua tra i denti smussati, la roteava e affondava. La sua asta si sguainò ancora una volta, pronta per un altro legame.

Le sue gambe fremettero, e lui incurvò la coda in su e in mezzo a esse, premendo i suoi fianchi contro quelli di lei. Il suo calore lo attendeva, umido e rovente. Le gambe di lei si strinsero intorno a lui come una trappola, e i suoi seni morbidi bruciavano contro il suo petto. La sua bocca aveva il sapore delle onde screziate di sole.

Cosa sto facendo? Il pensiero non era suo. Abissi, era davvero spacciato. Solo i legami più forti permettevano a un tritone di udire i pensieri della sua compagna. L'unico legame più raro era quando la femmina poteva sentire il maschio.

Aprì gli occhi. Forse... Le palpebre di lei erano chiuse, le labbra gonfie di baci. *Resta con me,* pensò. Lei rovesciò la testa all'indietro, la bocca che formava parole mute, ma le sue mani rimasero saldamente aggrappate alle sue spalle. Forse lo aveva sentito. Forse no. Tutto quello che poteva fare era tenerla più vicino possibile, il più a lungo possibile.

Stringendola a sé, le lasciò una scia di baci lungo la gola. Con una mano le trovò il seno e lo avvolse, stuzzicando il capezzolo fino a farlo diventare un capezzolo di corallo. Lei rabbrividì, e le sue unghie gli si conficcarono nella schiena mentre la sua intimità si stringeva intorno a lui. I suoi testicoli pulsavano, smaniosi di liberarsi, ma si rifiutò di far finire il momento così presto. Si ritrasse finché la punta del suo membro le solleticò appena le pieghe. Nella sua mente, la sentì gemere, implorare di più.

Non ancora. Non ho finito con te.

Lei ondeggiò i fianchi contro di lui, premendo il clitoride lungo la sua asta in attesa. Si passò la lingua sulle labbra, invitandolo ad assaggiarla, ma lui resistette, limitandosi a contemplarla, combattendo il proprio desiderio. Esercitare un tale controllo era inebriante quanto montarla. L'istinto era forte in lui, ma non travolgente. Come ci stava riuscendo? Un tritone avrebbe dovuto essere incapace di resistere alla lussuria della sua compagna, anche solo per un istante, condannato ai suoi capricci come una medusa che galleggia nella corrente. Se riusciva a trattenersi così, forse c'era speranza per lui.

Poi lei aprì gli occhi, e le sue labbra mormorarono senza voce: «Ti prego.» Era davvero condannato. Con un brivido si inguainò dentro di lei, sbattendo i fianchi contro i suoi. Lei assecondò il suo ritmo, rovesciando la testa all'indietro e ondeggiando con lui finché la sua coda non si arricciò nell'estasi del rilascio.

Si afflosciò contro di lei, tenendola dolcemente e lasciando che la corrente li trasportasse dove voleva. Per trentacinque anni aveva evitato il suo destino vincolante, schivando molte offerte allettanti nel frattempo. Ultimamente, la sua biologia lo aveva quasi fatto precipitare nell'abisso in diverse occasioni. Una seduttrice dai capelli corvini con una voce simile a quella di un'orca. Un'incantatrice dalla coda verde con una pinna dorsale dorata che in seguito scoprì essere stata intinta in una tossina d'amore.

Eppure, ora che era legato, si sentiva sollevato. Non avrebbe più dovuto vivere nel terrore delle altre sirene. Di trappole e sotterfugi. E forse, con un'umana, sarebbe stato in grado di mantenere un certo controllo. Forse persino di scrollarsi di dosso la maledizione del suo destino.

Una guerra infuriava nel suo petto mentre teneva stretta la sua compagna, mentre una parte distante e protetta della sua mente tramava un modo per essere libero da lei.

Ma per ora, avrebbe fatto tutto quello che era in suo potere per proteggerla.

Tre

Brianna galleggiava fluttuante come un'alga, crogiolandosi nel tepore seguito all'amplesso con il tritone. Per quanto primordiale fosse stato l'atto, lei continuava a considerarlo un atto d'amore. Avrebbe giurato che lui le avesse sussurrato la sua devozione all'orecchio mentre si accoppiavano. O forse era solo il suo desiderio inconscio di essere amata e protetta.

Aprì le palpebre pesanti, ma non riusciva a vedere nulla oltre le spalle del tritone nelle profondità d'inchiostro. Tutto era indistinto. Forse era tutto un sogno ed era morta. Si poteva sognare da morti? In ogni caso, non voleva svegliarsi mai più. Non se la morte era così. Con un sospiro, avvolse le braccia attorno alla vita del tritone e premette la guancia contro la sua spalla. Lui odorava di salsedine ed erbe insieme.

Mi chiedo come si chiami.

Una voce simile a un canto la raggiunse. «*Zantu.*»

Lei ridacchiò, e le bolle le solleticarono il naso. *Adesso sento le voci. Che razza di nome è Zantu?*

Il palmo che le stava accarezzando la base della schiena si fermò. La spinse via per guardarla in viso, le mani come artigli attorno ai suoi bicipiti. «*Riesci a sentirmi?*»

I suoi occhi argentati brillarono feroci e lui sogghignò; ogni dente perlaceo era affilato come un canino. Come aveva fatto a non notarlo mentre si erano baciati? Per la prima volta, ebbe paura.

«*Riesci a sentirmi?*» La voce sonora fluttuò di nuovo nella sua mente.

Un brivido le partì dal petto e le scosse le ossa. Il cuore le martellava così forte che la vista le sobbalzava a ogni battito martellante. Riuscì ad annuire.

Lui le lasciò un bicipite e le accarezzò la guancia.

Lei trasalì alla vista della leggera membrana tra le sue dita. Una parola si formò nella sua mente mentre la sua coda sinuosa catturava la sua attenzione. *Mostro.*

La sua mano si fermò a millimetri dalla guancia di lei, e lei alzò lo sguardo per incrociare il suo, improvvisamente terrorizzata che l'avesse sentita. La sua bocca non sorrideva più. I suoi occhi d'argento liquido brillavano come due lune gemelle. *Mi dispiace,* pensò, sperando che potesse sentirla.

Lui serrò le mascelle come per imporsi di non parlare e allontanò la mano dal viso di lei. *«Vieni.»*

L'altra sua mano le scivolò lungo il braccio per prenderle la mano, e lui si voltò. Con un potente colpo di coda, la trascinò dietro di sé, rimorchiandola come un relitto galleggiante.

⁂

La gioia di Zantu per la scoperta del legame telepatico reciproco aveva il sapore degli schizzi di un gabbiano sulla lingua. Lo considerava un abominio? Un mostro? Certo che sì. La sua specie dava la caccia alla sua. Non poteva esserci amore tra loro.

«*Sono Brianna*», gli comunicò col pensiero, ma lui non rispose. Non poteva. Doveva trovare un modo per spezzare quel legame profano prima di rivelare tutti i segreti del regno dei tritoni a un'estranea. Prima che lei potesse radunare la sua gente per dar loro la caccia nelle loro tane.

Pompando i muscoli della coda come se stesse fuggendo dai denti di un'orca, li spinse attraverso la corrente di marea verso le acque più profonde, dove avrebbe potuto trattenerla finché non avesse elaborato un piano. La nuotata normalmente gli avrebbe richiesto meno di un quarto di marea, ma con il peso aggiuntivo della sua compagna, non poteva muoversi altrettanto velocemente. Scrutò le acque davanti a sé, diffidente verso gli squali e altri predatori che avrebbero potuto approfittare del suo svantaggio.

Un trillare di risate catturò la sua attenzione, seguito da tre note e dalle vibrazioni sottostanti di un'arpa di pesce. La pinna dorsale gli si appiattì contro la schiena. Sirene. Una melodia si diffondeva nell'acqua, una cadenza familiare, una magia per incitare il desiderio. Conosceva quella voce. Loia. Lo aveva già tentato in passato, quasi catturandolo nella sua rete. Ma ora percepiva solo un debolissimo riconoscimento del potere del suo canto. Il suo legame era stabilito, e lei non poteva più influenzarlo.

Con la pinna dritta e alta, aggiustò la rotta per dirigersi dritto verso la musica. Non vedeva l'ora di vedere la sua faccia quando si fosse resa conto di averlo perso.

Al centro di un banco di minuscoli pesci argentati, individuò la sinuosa pinna caudale color indaco della cantante. I pesci sfrecciavano e lampeggiavano a tempo con la sua voce, salendo, scendendo e roteando in una foschia magica. I suoi capelli si gonfiavano come una gorgonia color mirtillo, mentre i suoi seni, pallidi come alabastro e con capezzoli blu-viola, ondeggiavano come esche. Labbra voluttuose color indaco cantavano promesse di beatitudine.

La gola gli si strinse. La sua magia era forte. Anche con il suo legame con la sua nuova compagna, il canto della sirena lo attraeva, gli bruciava nel sangue e faceva gonfiare la sua guaina. Mentre il suo cazzo pulsava a tempo con i pesci danzanti.

Lei lo vide. I suoi occhi dorati si strinsero e le sue labbra si incurvarono in un sorriso predatorio anche mentre continuava a cantare. Le sue dita accarezzavano i rebbi di un'arpa di lische cullata in un braccio, traendo note dal profondo di ogni rebbio dalla punta dorata mentre canticchiava d'amore e desiderio.

La mano della sua compagna si strinse attorno alle sue dita. Per un brevissimo istante, si era dimenticato che lei fosse lì. Il cuore gli martellò contro la cassa toracica. Sarebbe stato al sicuro dal canto grazie alla sua compagna di legame. La tirò su al suo fianco e le passò un braccio attorno alla vita, deliziandosi del lampo di gelosia che attraversò il volto di Loia.

«Zantu, cosa mi hai portato?» cantò lei. «Un grazioso banchetto?»

Lui strinse a sé la sua donna. «Ho trovato la mia compagna di legame. Non hai più potere su di me, Loia.»

La rete di pesci che circondava la sirena perse coesione per un momento, poi si ricompose, sospesa come un milione di piccole lame pronte a colpire. «Non puoi legarti a un'umana. Le loro vite finiscono con un colpo di pinna.»

«Solo perché tu li abbandoni ad annegare, Loia, malati d'amore e col cuore spezzato.»

La sirena ondulò la coda e spinse in fuori il seno in modo suggestivo. «Perché mai dovresti volerla? Non può giocare a nascondino con te tra i letti di alghe. O gareggiare con te lungo le profondità dei canyon. O cantare mentre raggiungi l'orgasmo fino al midollo. Non può nemmeno scappare quando uno squalo attacca. Un'umana non è una compagna adatta per la nostra specie. Sono a malapena utili come giocattoli.»

«Questo non lo sai», scattò lui. Un pesciolino gli sfiorò il braccio e lui lo scacciò con un gesto. «Le non formano legami.» Ma i commenti di lei lo avevano preoccupato. Come *avrebbe* protetto una compagna umana quando i predatori invadevano?

«Ne prendiamo un sacco di compagni, Zantu.» Il suo sorriso espose ogni dente aguzzo, come se fosse pronta a divorarlo. «Solo che non ci limitiamo a uno. Peccato che non proverai mai la vera passione di un'amante, ma solo gli arti goffi di una che cammina sulla terra. O… forse piacerebbe giocare anche a lei?» Loia piroettò sul posto, girando la testa per ritrovarlo mentre completava il giro. La sua fessura genitale si era aperta pulsando durante la giravolta, esponendo il rosa invitante della sua vulva. «Agli uomini umani piace guardarsi copulare a vicenda. Potrei mostrare a lei — e a te — cosa può fare una vera femmina con un uomo.»

Qualcosa gli accarezzò l'apertura della guaina, e lui abbassò lo sguardo per trovare due pesciolini che si strofinavano contro di lui. Rialzò lo sguardo e si rese conto che il resto del banco li aveva avvolti come una rete.

Loia si leccò le labbra e si passò le mani sul seno per pizzicarsi i capezzoli indaco, inarcando la schiena. Una mano le scese leggermente lungo la linea centrale per massaggiare le pieghe gonfie delle sue labbra. Il suo odore gli giunse sulla scia della rete dei suoi servitori.

Nonostante il suo legame con Brianna, la sessualità sfacciata di Loia lo stava eccitando. Il solletico al suo inguine aveva quasi fatto esplodere il suo cazzo fuori dalla sua guaina protettiva. La testa gli girava e tutto ciò a cui riusciva a pensare era liberare i suoi istinti.

Brianna scacciò un pesce vicino al suo viso e si strinse di più a lui, nascondendo il volto nella sua spalla. *Voglio andare a casa.*

Quelle parole lo fecero rinsavire più velocemente del morso di una murena. Voleva lasciarlo. Le avvolse entrambe le braccia intorno e iniziò ad allontanarsi dalle seduzioni di Loia. Se voleva tenersi la sua compagna, stare vicino a Loia non era il modo giusto. «Vai a cercare qualche altro uomo da rovinare», le gridò.

La pelle pallida di Loia diventò livida. Le sue labbra si assottigliarono mentre scopriva ogni dente da squalo. «Non puoi tenerla», strillò.

Brianna si divincolò nella sua presa, le gambe che gli colpivano la pinna come se volesse nuotare via. Le sue spalle esili sembravano fragili nella sua stretta, ma lui si rifiutò di lasciarla andare. L'odore del sangue gli giunse al naso. Dentro la testa, sentì Brianna gridare, *Le mie gambe!*

Allentò la presa e vide le sue estremità inferiori circondate dalla rete di pesci di Loia. Una scia d'acqua rosata fluttuava dietro di loro. La stavano mordendo. Il sangue avrebbe sicuramente attirato ogni predatore nel raggio di una lega. La rabbia montò dentro di lui, e spalancò la bocca per emettere una profonda sfera di suono repellente.

I pesci si sparpagliarono.

Quattro

L'improvvisa nota baritonale che Zantu emise, così diversa dal canto da tenore che aveva intonato alla sirena, vibrò fin nelle ossa di Brianna. Lui diede un colpo di coda e un'improvvisa ondata d'acqua la costrinse a chiudere gli occhi, mentre si lasciavano molto indietro la sirena canterina e i suoi animaletti mordaci.

La pelle di Brianna pizzicava e bruciava dove i pesciolini l'avevano mordicchiata con denti affilati come rasoi, ma lui si muoveva troppo velocemente perché lei potesse controllare le ferite. Affondò il viso contro il suo collo caldo e si aggrappò con tutte le sue forze. L'ipnotica esibizione della sirena diventava sempre più bizzarra a ogni nota che usciva dalle labbra della femmina. La lasciva esibizione sessuale finale non lasciò a Brianna alcun dubbio su ciò che la creatura voleva. E quei fastidiosi pesci mordaci chiarirono molto bene che avrebbero preferito Brianna fuori dai giochi.

Poco prima era stata spaventata dalle differenze del tritone; ora, proprio ciò che la spaventava di lui le faceva credere che potesse proteggerla. Si sfregò le cosce una contro l'altra, ricordando di averlo avuto tra di esse. Perché la voleva, quando era corteggiato da una creatura seducente come quella sirena? Persino Brianna aveva sentito quell'attrazione, e non era mai stata attratta da un'altra femmina in vita sua. Non c'era da stupirsi se si diceva che i marinai si gettassero di buon grado verso la morte per inseguire quelle creature.

Guardando indietro sopra la spalla, cercò la sirena nell'acqua cupa, sicura che l'agguerrita femmina li avrebbe inseguiti, ma i suoi occhi erano troppo deboli per scrutare le profondità notturne. Il mondo aveva perso i suoi colori ed era diventato un insieme di torbide sfumature di nero e di verde. Un banco di piccoli pesci scivolò via, i loro fianchi a forma di lancia che parevano girarsi all'unisono. Davanti a loro, dei filamenti si ergevano dal fondale marino creando una cortina mobile, screziata da altre creature marine che sfrecciavano avanti e indietro in mezzo a essi.

Zantu riassestò la presa intorno alla sua vita; la pressione delle braccia muscolose le fece fremere la pelle. Poteva sentire il battito del suo cuore sotto le dita mentre la portava sempre più in profondità nell'acqua. Il modo in cui la sua coda le urtava le gambe e l'osso pubico mentre nuotava le ricordò il loro precedente accoppiamento. Le fece desiderare di più. Ma lui non mostrava alcuna intenzione di rallentare per un'altra avventura.

Stelle marine e anemoni colorati sfrecciarono come una macchia arcobaleno sulle rocce sottostanti. Continuò a sfrecciare attraverso la foresta, superando un grosso pesce rosso e nero dalla bocca spalancata e un'anguilla che faceva capolino dalle rocce. La foresta qui sembrava più rada, con più luce che raggiungeva il fondale. O forse si trovavano in acque meno profonde? Guardò in alto verso la volta di fronde che ondeggiavano nella corrente, ma non riuscì a valutare quanto fossero lontane.

«Dove mi stai portando?»

«Dove sarai al sicuro.»

Le sue parole alleviarono la tensione nel suo petto. Fino a quel momento, aveva nutrito il timore che, una volta saziata la sua lussuria, lui potesse sviluppare un altro tipo di fame. Una che richiedeva l'uso dei suoi denti affilati come rasoi.

Lui rallentò e la allontanò per guardarla. *«Non sono un mostro.»*

Il senso di colpa la imporporò dalla testa ai piedi. Tutta quella storia del «sentire i pensieri l'uno dell'altra» la stava stranendo. *«Mi... dispiace. È solo che non so nulla di te o della tua specie.»*

«Noi stiamo alla larga dagli umani. Siete pericolosi.»

Una risatina di bolle le sfuggì dalle labbra a quel pensiero. Eccola lì, chissà a quanti metri sotto il mare, prigioniera di un tritone dai denti aguzzi, le dita palmate e la coda sinuosa—e lui sosteneva di avere paura di lei. Eppure, quando incrociò il suo sguardo dagli occhi d'argento, si rese conto che era assolutamente serio.

❧❧❧

Zantu strinse a sé la sua nuova compagna e sfrecciò come un siluro verso le praterie di alghe dove lui e gli altri tritoni mantenevano le aree di nidificazione. I pensieri senza filtri di Brianna lo raggiungevano a ondate irregolari e imprevedibili, un minuto con sconcertante apertura, quello dopo per niente. Non aveva idea del perché. La cosa più chiara era la sua paura. La sua curiosità. La sua sensuale attenzione alla pelle di lui contro la sua. Quella connessione lo stava facendo impazzire, ma al contempo lo rassicurava. Anche se lo considerava un mostro, lo desiderava tanto quanto lui desiderava lei, almeno per ora. Il suo interesse sarebbe svanito come quello delle femmine della sua specie?

Davanti a loro, le alghe ondeggiavano ritmicamente tra scintillanti lame di luce solare filtrata. Zantu la trascinò nel fogliame senza fermarsi, inviando comandi sonori alle piante e alle creature tra di esse per liberare il passaggio. Chi non conosceva la foresta si sarebbe perso e confuso tra gli steli, ma lui conosceva il sentiero bene quanto la propria coda. Fili d'alga gli accarezzarono la pelle con familiarità, liberando bolle sulla sua scia. Brianna gli strinse il collo così forte che lui poté sentire il battito accelerato del cuore di lei.

Le alghe si scostarono per rivelare il suo piccolo rifugio sotto il mare. Come gli altri del suo sesso, aveva creato un nido degno di una regina, nonostante la sua determinazione a rimanere libero da un legame. Creare un nido era un imperativo biologico per la sua specie, compagna o non compagna.

La sua casa aveva un pavimento di pietre rotonde e multicolori e di conchiglie e vetri levigati dalle onde. Oggetti che aveva recuperato da relitti e restaurati con amore riempivano la bassa depressione: un tavolo in palissandro con tre sedie abbinate, una toeletta con un alto specchio ancora abbastanza limpido da riflettere un'immagine, una sedia a dondolo intarsiata di madreperla. Un letto umano con una testiera finemente intagliata riposava in un'alcova, il cui materasso era sostituito da un morbido giardino di spugne. Ai piedi del letto, un antico forziere bordato di ferro conteneva altri tesori dei suoi anni di recuperi. Lungo i bordi della radura aveva coltivato un giardino di alghe commestibili e pregiate, ventagli di mare decorativi e affioramenti rocciosi coperti di grappoli di cozze indaco e verdi.

Ma la sua creazione più bella riposava al centro del nido, in attesa del giorno in cui Zantu avrebbe perso davvero la sua libertà. Sostenuta da dita viventi di corallo, una culla ondeggiava uniformemente nella dolce corrente oceanica.

Nella sua mente, i pensieri di Brianna nuotavano in percezioni troppo confuse perché lui potesse decifrarle. O forse stava imparando a schermare i suoi pensieri. Alla fine ci sarebbe dovuto essere un filtro, se non altro per risparmiare all'altro la distrazione di ricevere ogni minima impressione.

La depositò sulla sedia a dondolo, con i pesi da pesca intorno alla vita che la tenevano saldamente ancorata al sedile, e diede un colpo di coda per allontanarsi da lei. Girando in un cerchio cauto, ispezionò la parete di alghe che li circondava. I seguaci di Loia avrebbero dovuto essere bloccati dalla foresta di alghe, ma non poteva correre il rischio che loro, e di conseguenza lei, potessero seguirlo fino al suo rifugio.

Soddisfatto di essere soli, si voltò verso la sua nuova compagna, esaminandola con quello che sperava fosse uno sguardo imparziale. I suoi capelli, ben più corti di quelli di qualsiasi sirena e privi di colore, fluttuavano in un'aureola scura attorno al suo viso. I suoi occhi verdi screziati gli ricordavano la luce del sole attraverso le fronde delle alghe. Le braccia e le gambe baciate dal sole lasciavano il posto a una pelle più chiara sul petto e sul torso. I suoi capezzoli dalle punte color corallo intenso ondeggiavano voluttuosi sopra il suo ventre liscio e muscoloso, e il ciuffo di peli tra le sue gambe fece fremere il suo cazzo mentre i suoi occhi scorrevano sui suoi fianchi e giù per le sue gambe fino alle sue piccole dita dipinte.

Un'umana.

Si era legato a un'umana.

Era mai successa una cosa del genere nella storia della gente del mare? Certo, le sirene seducevano gli uomini, ma non si legavano mai. Non con i tritoni e certamente non con gli umani. I solitari ed emotivamente suscettibili tritoni stavano alla larga dalle femmine di ogni tipo, almeno finché una sirena non ne catturava uno. Doveva capitare proprio a Zantu di essere sedotto da un'umana. E poi, che ci faceva lei nell'oceano?

Il suo sguardo tornò alla cintura rozzamente annodata intorno ai suoi fianchi. Riconobbe i pesi come quelli usati dai pescatori in cerca di trofei. Uomini così non erano mai gentili, e lui aveva aiutato molti pesci spada e tonni a sfuggire a quelle lenze mortali. La corda aveva inciso la sua pelle chiara con lividi dall'aspetto rabbioso, e piccoli ematomi blu le coprivano i fianchi.

Puntando un dito palmato verso la sua vita, le inviò: *«Perché indossi questa?»*

Il suo viso divenne cremisi, e lei tirò impotente uno dei nodi. *«È stato un errore.»*

I suoi sforzi fecero sobbalzare più furiosamente i suoi seni, e lui lottò per tenere il cazzo contenuto nella sua guaina. *«Vuoi che te la tolga?»*

«Sì.» Lo guardò con occhi supplichevoli, e il suo tentativo di fredda oggettività si sciolse.

«Ecco.» Individuò il coltello che aveva ricavato da un grande pezzo di vetro di mare verde. Attento a tenere la lama affilata come un rasoio lontano da lei, tagliò la corda e la lasciò cadere sul pavimento di pietra sotto la sedia.

Liberata dal congegno, lei si sollevò verso la volta chiazzata di sole sopra di loro.

Scattando con la mano, le afferrò il polso. Non l'avrebbe lasciata andare. Non così facilmente. Alla fine l'avrebbe abbandonato. Era inevitabile. Ma prima che lo facesse, voleva mostrarle cosa significava essere una compagna. Cosa significava essere completamente controllata e posseduta, come lo era lui ora. Poteva controllarla, ma solo sott'acqua. Finché era laggiù, lei aveva bisogno di lui.

Le mandò: *«Perché sei venuta da me?»*

Lo sguardo di lei tornò su di lui, e ancora una volta un rossore le imporporò le guance. *«È stato un incidente.»*

«Questo non sembra un incidente.» Indicò la cintura. *«Questo serviva a legarti all'oceano. A portarti da me.»*

Lei strinse le labbra, la fronte corrugata dal dolore. *«No. Quello...»* Le sue mani salirono sul suo ventre liscio a intrecciare le dita. *«Stavo cercando di uccidermi.»*

Lui socchiuse gli occhi, valutando la sua sincerità. *«Perché vorresti morire?»*

Le sue spalle si afflosciarono, il suo corpo affondò finché i suoi piedi non si appoggiarono al liscio pavimento di pietra. *«È una lunga storia. Una storia sciocca. I pesi erano perché non potessi cambiare idea.»*

«Raccontamela.»

«Ho perso un bambino.»

Le branchie di Zantu ebbero un fremito. Le sirene consideravano i figli un fardello. Qualcosa da abbandonare insieme ai loro compagni. Non piangevano mai la perdita di uno di loro. Ma Brianna non era una sirena. I suoi pensieri martellarono la sua mente in un'ondata di desiderio senza filtri.

Arricciò la coda dietro le sue ginocchia, attirandola a sé. *«Mi dispiace che tu stia soffrendo.»*

Lei portò le mani tra di loro per premere rigidamente contro il suo petto, come per creare un muro, ma non spinse con vera forza.

Lui la abbracciò, facendole scorrere leggermente i polpastrelli sulla curva liscia della sua schiena senza pinne. Il suo battito cardiaco svolazzò contro il suo petto, e gli ricordò quanto fosse fragile, specialmente lì sotto le onde. *«Per favore, non provare di nuovo a morire.»*

La sua rigidità si allentò. Così vicino, poteva sentire il suo odore unico, di onde screziate di sole. La sua pelle scivolò come seta contro la sua, e la sua guaina pulsò per il desiderio del suo cazzo.

Chiuse le branchie, raccolse aria in fondo alla gola e abbassò il viso verso il collo di lei. Strinse le labbra e soffiò delicatamente un flusso di bolle contro la sua clavicola. Lei rabbrividì, un piacere sorpreso che vibrò attraverso la loro connessione mentale. Incoraggiato, aggiunse un suono, un richiamo baritonale di seduzione che avrebbe dovuto penetrarla fino alle ossa.

Lei gettò la testa all'indietro, i fianchi spinti in avanti, e lui colse l'occasione per farle scivolare le dita sulle sue pieghe, scoprendo la sua clitoride che attendeva come una piccola conchiglia. l suo calore si intensificò sotto il suo tocco, spingendolo ad aumentare il ritmo. Premette contro la sua umidità e accarezzò il bottoncino finché non si gonfiò e pulsò di fervido bisogno.

Le mani di lei scivolarono dal suo petto per avvolgergli le costole. I capezzoli duri come piccole conchiglie si schiacciarono contro la sua carne, e lei si inarcò contro le sue dita. Il suo cazzo era ormai scattato fuori, ondeggiando a tempo con il loro ritmo, desiderandola ogni volta che il suo fianco entrava in contatto con la punta. Serrò i denti e continuò a strofinare, determinato a farla venire prima di affondare nel suo calore.

Un piccolo squittio le sfuggì dalle labbra in un flusso di bolle mentre il suo corpo era scosso dal piacere.

«Ti farò mia.» Le scagliò il pensiero nella mente mentre le tirava i fianchi a sé. Le sue gambe si allargarono, permettendogli di entrare, e lui diede un colpo di coda per portarli entrambi sul letto di muschio. La voleva sotto di sé, immobilizzata in modo da poterle sfregare i fianchi contro. Così da poter conoscere le sue profondità a ogni spinta.

Lei si adagiò sulle spugne e sollevò i fianchi per incontrare il suo ritmo, piccoli singulti che inviavano bolle dalla sua bocca a solleticargli le guance. Chinò la testa per reclamare le sue labbra, la sua lingua che sondava un paio di labbra mentre il suo cazzo sondava l'altro. Quando lei venne di nuovo, le afferrò le natiche rotonde e pompò un'ultima spinta nel suo nucleo. I suoi spasmi si unirono ai suoi, lasciandolo esausto.

Avvolgendola con le braccia, si lasciò cadere nel sonno.

Cinque

Brianna si svegliò in un'oscurità sonnolenta. Si stiracchiò e si voltò d'istinto, cercando la sveglia sul comodino. I suoi movimenti erano goffi, al rallentatore, privi di sostegno. *Ma che...?*

I ricordi le affiorarono alla mente come un'onda di marea. Il molo, la cintura zavorrata, l'acqua... il tritone. *Tritone?* Quella parte doveva essere stata un sogno, una via di fuga per la sua mente prima che la morte la ghermisse. Questa doveva essere la morte. Fissò il buio profondo, il peso dell'intero oceano che premeva contro di lei. Il nulla. Non aveva pensato che sarebbe stato così... solitario.

Un braccio muscoloso le si avvolse intorno, e una voce le risuonò direttamente nella testa. *«Torna a dormire, mio pesciolino angelo.»*

Urlò, o meglio squittì, con il suono attutito dall'acqua, e si divincolò da quell'abbraccio. *Oh Dio, oh Dio, oh Dio.*

Un breve scoppio di suono, e il mondo si accese di una luce color lavanda. Le mani palmate di Zantu si protesero per fermarla. Una luce blu-viola si rifletté nei suoi occhi argentati e dorò la sua pelle, accentuando i muscoli perfetti del suo torace. *«Cosa c'è che non va?»*

Il suo attacco di terrore iniziale fu sostituito dallo stupore. La strana illuminazione proveniva da ogni parte e da nessuna contemporaneamente, creando una sorta di misterioso chiaro di luna senza fonte. E poi c'era la forma divina del tritone chinato su di lei, con il volto solcato dalla preoccupazione.

Un canto rilassante pulsò dalla sua gola, calmandole i nervi. Guardando oltre di lui, si rese conto che l'acqua che li circondava era costellata di quelli che sembravano minuscoli diamanti viola. *È così bello.* Allungò la mano per cercare di afferrare uno di quei puntini, ma questo le scivolò tra le dita come se fosse aria. *«Cosa sono?»*

Zantu le avvolse le braccia intorno, strofinandole il muso sul collo e facendo passare una scia di bolle tra i suoi capelli. *«Gli umani lo chiamano plancton.»*

«Puoi accenderli e spegnerli?»

Il suo petto vibrò di suono e l'acqua divenne nera.

«Oh no, lasciali accesi!» Si protese in avanti annaspando, cercandolo. Il terrore del buio, dell'ignoto, minacciava di schiacciarla.

«Mi hai chiesto di spegnerli.»

Individuò uno dei suoi bicipiti e vi avvolse entrambe le mani per tirarlo a sé. *«No, volevo sapere se potevi.»*

Di nuovo, cantò per risvegliare i puntini luminosi, e Brianna alzò lo sguardo su un viso pieno di una tenerezza divertita che le fece mancare un battito.

Lui si chinò per premere la fronte contro la sua. La strana luce colorata rendeva difficile leggere i suoi occhi, ma la sua voce nella testa di lei era colma di tutta la sincerità di cui aveva bisogno. *«Ti terrò al sicuro. Sempre.»*

Allungò la mano per accarezzargli la guancia, godendosi la pelle liscia lungo la sua mascella spigolosa. Che Dio l'aiutasse, gli credeva.

In quel momento, il suo stomaco brontolò.

«E ti terrò nutrita.» La sua risatina si abbinava alla curva delle sue labbra.

Fu pervasa da una voglia di nachos. O magari di pollo fritto. Si leccò le labbra. Cosa mangiavano i tritoni? Pesce crudo? Non era mai stata un'amante del sushi. Persino la bistecca al sangue le dava la nausea.

«Non preoccuparti, pesciolino angelo. Siamo in gran parte vegetariani. Siediti.» Scostò una sedia dal tavolo di palissandro e fece un cenno.

Fino a quel momento si era mossa nell'acqua solo con il suo aiuto. Ora, abbandonata alla propria forza, annaspò per raggiungere e prendere posto. Fortunatamente, lui non stava guardando.

Aveva preso un coltello e si era diretto al limite della radura, dove stava tagliando alghe e altri elementi non identificati, mettendoli in una grande ciotola a forma di conchiglia. Lei lo osservò lavorare, i muscoli della schiena e delle braccia che si gonfiavano e si increspavano a ogni movimento. Anche la sua possente coda si fletteva con i muscoli, ogni spostamento nell'acqua compiuto con semplici guizzi. Era la sua prima occasione di guardarlo davvero senza che lui la guardasse. Desiderò allungare la mano e toccare la pinna dall'aspetto delicato alla fine della sua coda. Esaminare quelle che immaginava fossero minuscole squame che gli coprivano il corpo. Scoprire esattamente dove nascondeva il cazzo quando non stavano facendo l'amore.

«Posso mostrartelo, se vuoi.»

La pelle le si infiammò per l'imbarazzo, anche se il suo sesso si era già contratto. Si era dimenticata che lui poteva praticamente sentire ogni pensiero.

Lui la guardò da sopra la spalla e le fece l'occhiolino. *«Non essere imbarazzata, pesciolino angelo. Mi piace sapere a cosa pensi.»* Con un movimento fulmineo, fece una capriola nell'acqua per fronteggiarla e posò la mezza conchiglia sul tavolo. *«Com'è l'aspetto degli uomini nel tuo mondo?»*

«Non come te.» Il tremito nei suoi pensieri la imbarazzò ancora di più, ma si rifiutò di distogliere lo sguardo da lui.

«Cos'è così diverso?» Si avvicinò, fluttuando a pochi centimetri da lei, gli addominali scolpiti che si flettevano con i minuscoli movimenti circolari della sua coda. Le sue mani palmate si aprirono sulle sue costole e scesero lentamente sui suoi fianchi, attirando lo sguardo di lei come un'esca verso il punto in cui doveva trovarsi il suo cazzo: un rigonfiamento, lì, sotto la pelle, coperto come da un abito ben aderente.

Il suo pensiero si allungò e la accarezzò. La costrinse. *«Toccami.»*

Deglutendo, allungò una mano e sfiorò il rigonfiamento con la punta delle dita. Una nota simile a un sospiro di piacere fluì attraverso l'acqua. Incoraggiata, posò l'intero palmo sul bozzo, sorpresa dal suo calore. Dalla morbidezza della sua pelle. Si era aspettata delle squame, ma qui era liscio come sul torso.

«Le squame sono per i pesci.» Il desiderio colorò il suo pensiero.

«Cosa sei, allora?»

«Non sono forse un uomo?»

Accarezzò il rigonfiamento pulsante, la fessura tra le sue cosce immediatamente calda e lubrificata. Pesce o uomo, lo voleva.

Come per magia, la pelle sotto le sue dita sbocciò, rivelando un cazzo scuro e pulsante. Le sue dita strinsero la sua spessa asta calda e vellutata, facendo uscire una perla luccicante dalla punta. Senza pensare, si chinò in avanti e lo prese in bocca. Sapeva di sale e muschio, e di maschio tanto quanto qualsiasi uomo avesse mai conosciuto.

Lui gemette, posando le mani sulle sue spalle. *«Che cosa mi stai facendo?»* Il suo pensiero era carico di desiderio.

Deliziata dalla capacità di «parlare» mentre gli dava piacere, leccò la punta del suo cazzo. *«Ti sto facendo mio.»*

Le sue mani sulle spalle di lei si serrarono. *«Non prenderti gioco di me.»*

L'urgenza delle sue emozioni la travolse attraverso il loro legame come mai prima d'ora. Esposto e crudo. Il suo desiderio brillava intenso e pieno, ma era offuscato da un misto di rabbia e rassegnazione che lei non capiva. Gli avvolse le mani intorno ai fianchi e lo tirò più vicino a sé, inclinando il mento per prenderlo più a fondo in bocca.

Lui gemette, le dita che le affondavano nelle spalle mentre lei succhiava profondamente. Contro il fondo della sua gola, sentì il suo rilascio. Dopo un istante tremante, si staccò e la tirò su dalla sedia per stringerla al petto. *«Non ti lascerò andar via.»*

L'affermazione la prese alla sprovvista. La sorprese. Non aveva pensato di fuggire da Zantu, non dopo quel terribile episodio con la sirena. Nonostante fosse nelle profondità dell'oceano. La sua promessa di proteggerla la faceva sentire al sicuro. Accudita.

Lui le schiacciò le labbra contro le sue. Le mani di lei si appiattirono sulle sue costole, i seni premuti contro di lui, mentre lui la divorava con spinte profonde e ondulatorie della lingua. Se fosse stata in piedi, le gambe le avrebbero ceduto. Così com'era, l'acqua permetteva loro di torcersi e danzare l'uno con l'altra senza bisogno di sostegno.

Il suo cazzo pulsava come una linea dura contro il suo ventre, e lei si ritrovò ancora una volta con la sua coda che le apriva le gambe. Infilò una mano tra loro, lo afferrò e lo guidò dentro di sé, desiderando la sua pressione, la sua pienezza. I muscoli increspati dei suoi addominali e l'acqua che le scivolava sulla pelle accesero di desiderio ogni cellula nervosa.

Facendo scivolare una mano lungo la sua schiena per afferrarle il sedere, la tirò saldamente sulla sua asta dura come la roccia e si spinse nel suo nucleo. Rimase lì, profondo e pulsante dentro di lei, mentre si strusciava contro il suo clitoride. La sua lingua la stuzzicò sui denti e sulle gengive.

Lei gli avvolse le gambe strettamente intorno, il culmine del suo orgasmo che si innalzava sopra di lei come un'onda pronta a travolgerli entrambi.

Il suo ritmo stuzzicante teneva l'onda sospesa, appena fuori portata. *«Sei mia.»*

«Ti prego, ti prego», supplicò, incapace di formulare un pensiero coerente.

«Dimmi che lo sei.» La mano sul suo sedere si strinse, premendolo più a fondo nelle sue pieghe con un piacere straziante.

Gettò la testa all'indietro e inarcò i fianchi contro di lui, in cerca di liberazione. *«Sono tua. Ti prego!»*

La soddisfazione dominò i suoi pensieri, e lui si ritrasse solo per affondare immediatamente dentro di lei, ancora e ancora, finché l'onda non si infranse e la spedì in una spirale di sollievo vertiginoso.

La testa di Brianna ronzava di quello che le ricordava il canto degli uccelli del mattino: trilli alla sua sinistra, rimbombi gutturali dall'alto a destra e un inquietante sottofondo tenorile che saliva e scendeva, di cui si rese conto provenire da Zantu.

Era seduto sul pavimento cosparso di conchiglie ai margini della radura, la coda arricciata su un fianco, mentre sembrava prendersi cura delle delicate fronde di zostera di un verde brillante che crescevano lì. La luce del sole tagliava angoli acuti tra le alghe che ondeggiavano sopra le loro teste, filtrando una luce dorata nella radura.

Ancora non credendo a tutto quello che era successo il giorno prima, inviò un pensiero esitante. *«Cos'è questo rumore?»*

«Il saluto dell'oceano al sole, mio pesciolino angelo. Vieni, la colazione ti aspetta.»

Si mise a sedere, rendendosi conto che lui l'aveva spostata sul letto durante la notte. Minuscole bolle salivano dalle spugne e le accarezzavano i fianchi. Si stiracchiò e si guardò intorno.

Il suo sguardo cadde sul tavolo, dove erano stati apparecchiati due piatti di porcellana e quelle che sembravano due forchette d'oro massiccio. Una ciotola a forma di conchiglia attendeva al centro, piena di alghe e di qualsiasi altra cosa Zantu avesse ritenuto commestibile; gran parte galleggiava fuori dalla ciotola, ma ne rimaneva abbastanza all'interno da essere considerata un pasto. Il suo stomaco ebbe un fremito, ancora nervosa riguardo a ciò che lui poteva considerare gustoso. Ma a quel punto aveva abbastanza fame da mangiare quasi qualsiasi cosa.

Si spinse giù dal letto, si diresse verso il tavolo e scoprì che, se si rilassava, poteva camminare, anche se lentamente. Le pietre e le conchiglie sotto le dita dei piedi erano sorprendentemente ruvide, ma abbastanza solide da darle un appiglio, e raggiunse la sedia senza annaspare troppo. Si sedette e ammirò il coperto.

«Sono d'oro vero?» Allungò la mano verso una forchetta.

«Erano di mio padre.» Zantu si unì a lei, scivolando

sulla sedia accanto. *«Le ha trovate in una nave affondata molti anni fa.»*

«Avevi un padre?» Il pensiero le sfuggì prima che potesse riflettere su quanto sembrasse stupido. Si coprì la bocca, anche se le parole non erano uscite dalle sue labbra. Che domanda maleducata. Non aveva mai pensato che i tritoni avessero una famiglia. A pensarci bene, non aveva mai pensato ai tritoni prima del giorno prima.

«Certo che abbiamo famiglie. Beh, almeno padri e fratelli.»

La curiosità le solleticava i pensieri, e lottò per controllarla, ma era come se tra le loro menti esistesse solo un setaccio. *«E tua madre?»*

Usò una conchiglia più piccola per versare quella che sembrava un'insalata di alghe nel suo piatto, con i pensieri palesemente guardinghi. *«Le sirene non si curano dei figli.»*

Si accigliò, incerta su come interpretare quell'informazione. *«Quindi fanno un figlio e lo abbandonano?»*

Lui scrollò le spalle. *«I padri si prendono cura dei piccoli.»*

«Ci sono molti altri tritoni?» Guardò il muro di alghe, come se le parole potessero farne apparire uno.

Le mani di Zantu si fermarono per un istante, poi le spinse il piatto davanti, con i suoi occhi argentati che la fissavano intensamente. *«Non preoccuparti degli altri tritoni.»*

Brianna inclinò la testa, un piccolo sorriso che le tirava l'angolo della bocca. Era gelosia quella che percepiva? *«Hai paura che scappi con un altro tritone? O magari con una sire*na—*»*

«Non scherzare su queste cose.»

La serietà del suo pensiero la rese sobria. Le ricordò i suoi voti nuziali, rafforzati dal giuramento fatto a suo padre dal cuore spezzato di non seguire mai le orme di sua madre. Intrecciò le mani in grembo e fissò l'insalata di alghe. *«Non posso restare con te. Sono sposata.»*

«Nel tuo mondo, questo significa molto poco.»

La sua ira montò. *«Cosa ne sai del nostro mondo? Prendo i miei voti molto sul serio.»*

Anche mentre inviava il pensiero, l'ipocrisia delle sue parole la fermò. La verità era che aveva abbandonato la sua lealtà a Eric quando aveva deciso di saltare. Aveva scelto la via di un codardo. E ora Eric era solo come lo era stato suo padre. Tanto valeva che avesse divorziato.

Zantu le posò una mano palmata sulla sua. *«Per un tritone, una compagna è per la vita.»*

Lo guardò con la coda dell'occhio. *«Pensavo avessi detto che le sirene non restano.»*

I muscoli della sua mascella si contrassero. *«Anche così, un tritone prenderà una sola compagna.»*

Il modo in cui pensava a *compagna* conteneva un significato assai più profondo di quanto si potesse esprimere a parole. Adorazione. Certezza. Dolore. E nonostante le contraddizioni, lei sapeva esattamente cosa significasse. La speranza di un desiderio che non poteva mai essere veramente soddisfatto. L'inevitabile solitudine di una vita con la persona sbagliata. Intrappolata in un matrimonio con un pesce freddo come Eric...

Il suo sguardo si spostò oltre la spalla di Zantu, sulla culla che riposava al centro del suo nido. Una culla per bambini nella tana di un tritone. La sua compagna lo aveva lasciato con un figlio? Per quale altro motivo avrebbe avuto bisogno di una culla? Una fitta di gelosia la invase mentre lo immaginava con una sirena bellissima come quella che avevano incontrato il giorno prima. Poi il suo stomaco si contorse. Perché era lì? Per crescere un figlio al posto della madre scomparsa?

Una serie di note rilassanti pervase l'acqua, fermando i suoi pensieri. *«Brianna, tu sei la mia compagna.»*

Incontrò lo sguardo di Zantu, sbattendo le palpebre confusa. *«Io? Cosa?»*

«Mi hai rivendicato quando mi hai sedotto.»

«Seduco te? Sei tu quello che ha baciato me.»

Gli aculei della sua pinna dorsale si scurirono, passando da un argento bluastro a un nero profondo. *«Ti ho baciato solo per darti abbastanza vita per raggiungere la superficie. Sei tu quella che... che... mi ha avvolto le gambe intorno e mi ha fatto suo.»*

L'indignazione la fece alzare in piedi e la fece fluttuare lentamente verso l'alto. *«Mi stai dando della puttana?»*

Lui le afferrò il polso e la tirò di nuovo giù accanto a sé. I suoi occhi metallici la scrutarono con un'intensità sconcertante. *«Non so cosa sia una puttana, ma dal tuo tono, credo che sia una brutta cosa.*

Quindi no, non ti darò della puttana. Ma non voglio che tu fraintenda il mio obiettivo nel salvarti.»

«Il tuo obiettivo?» Cercò di puntargli un dito contro, la sua ira raddoppiata dalla lentezza con cui era costretta a muovere la mano. *«Mi hai resa una schiava!»*

«Noi non teniamo schiavi.» La sua presa sul polso di lei si strinse, diventando quasi dolorosa. Una serie di profondi schiocchi risuonarono nell'acqua mentre il suo petto si fletteva ampiamente come il cappuccio di un cobra. *«Se c'è uno schiavo, quello sono io. Ho evitato i canti delle sirene per trentacinque anni, solo per essere catturato da... da un'umana!»*

Si liberò dalla sua presa con uno strattone. *«Se la pensi così degli umani, perché non mi hai semplicemente lasciata morire?»* Anche mentre lo diceva, se ne pentì.

Soffiò una violenta sfilza di bolle e si alzò per fluttuare sopra il tavolo. *«Forse avrei dovuto. Ma ora sono vincolato a proteggerti. Non potrei lasciarti morire più di quanto potrei uccidere nostro figlio.»* Con un colpo di coda, fu accanto alla culla sorretta dal corallo. *«Un tritone è spinto a fare il nido, con o senza compagna. A prepararsi. A prendersi cura di un bambino nonostante uno strazio travolgente. Quando avrai nostro figlio, io sarò pronto a prendermene cura, che tu sia qui o no.»*

Le sue parole la colpirono come un sasso che rimbalza sull'acqua, affondando solo quando lo slancio si fu esaurito. Aveva detto «nostro figlio.» Poteva un'umana e un tritone...?

«Non lo so», rispose alla sua domanda appena abbozzata. *«Le sirene portano in grembo figli mezzi umani. Li abbandonano con un compagno o con l'altro. Immagino che la nostra unione produrrà lo stesso.»*

Parlava come se un figlio fosse una conclusione scontata. Poteva essere? Le sue dita vagarono sul suo addome. Lei ed Eric ci avevano provato così tanto... Le sue mani si chiusero ad artiglio. Sapeva che non era vero. Nelle ultime ventiquattro ore, lei e Zantu si erano accoppiati più volte di quanto avessero fatto lei ed Eric negli ultimi due mesi.

La vera domanda non era se fosse possibile, ma se lei *voleva* che fosse possibile.

Il suo sguardo tornò all'uomo di fronte a lei. La sua coda argentata sfiorava il pavimento di ciottoli mentre il suo torso scintillava nella luce filtrata del mattino. Era il suo compagno. Un compagno per la vita. Un compagno che voleva dei figli, aveva giurato di proteggerla e aveva creato un nido d'amore per lei prima ancora di sapere chi fosse. Lasciarlo sarebbe stato l'errore più grande della sua vita. Camminò verso di lui, cercando di essere aggraziata nonostante la resistenza dell'acqua. *«Ne vuoi uno o due?»*

Una scossa di euforia la attraversò attraverso il loro legame, un legame che ora riconosceva come speciale. Il tipo che i compagni dovrebbero avere. Lui si avvicinò fluttuando per incontrarla, i suoi occhi argentati accesi di fuoco. *«Tutti quelli che mi darai.»*

Gli gettò le braccia al collo e lo baciò.

Sei

Zantu cullò la sua compagna tra le braccia dopo aver fatto di nuovo l'amore, fluttuando liberamente al centro della radura. Lei si girò per rannicchiarsi con la schiena contro di lui, e Zantu fletté la coda per mantenere il contatto attorno al suo sedere e alle sue gambe. *«Ti sei raggomitolata come un gamberetto»*, la prese in giro.

Tramite la connessione mentale, lei sbuffò indignata. *«Non sono sicura che mi abituerò mai a fluttuare tutto il giorno. Possiamo andare a sdraiarci sul letto?»*

Lui le spostò i capelli per lasciarle dei minuscoli baci dietro l'orecchio. *«Mmm, mi sono appena reso conto che tu hai qualcosa da offrire che nessuna sirena possiede.»* Le fece scivolare una mano lungo la schiena e le cinse il sedere, le dita che seguivano la piega per scoprire la sua apertura ancora lubrificata. *«Possiamo farlo da dietro.»*

Brianna si irrigidì, la sua pelle tremante di piccole vibrazioni. Paura, non eccitazione. Lui interruppe la sua carezza. *«Quella posizione ti offende?»*

«Sei sicuro che non dovrei preoccuparmi degli altri tritoni?»

La preoccupazione di aver commesso una gaffe suggerendo una nuova posizione fu spazzata via da un'ondata di adrenalina. Stava già pensando ad altri uomini. Eppure i suoi pensieri non erano pieni di lussuria... *«Perché me lo chiedi?»*

«Credo che ci sia qualcuno che ci osserva.»

Lasciando la presa, si voltò fulmineamente di fronte a lei, scandagliando con gli occhi la parete di alghe che lei stava guardando. Che Loia li avesse rintracciati, dopotutto? Quando la sua vista non rivelò nulla, emise un richiamo sonoro, analizzando l'eco di ritorno in cerca di irregolarità. Conosceva quella foresta di kelp come le sue stesse pinne.

Un lampo di argento turchese colse il margine del suo canto. Colori familiari. Forma familiare. La tensione nelle sue spalle e nella pinna dorsale si allentò. Intonò un gorgheggio scherzoso, un invito. «Ebby, vieni fuori.»

Dal fondo, tra due rocce coperte di crostacei, apparve un visino. «Ciao, zio Zantu.»

«Cosa ci fai qui? Dov'è tuo padre?» Il richiamo sonoro avrebbe dovuto rivelare la sagoma più grande del tritone o perlomeno suscitare un canto di risposta. Forse suo fratello aveva visto Brianna ed era fuggito.

Il tritoncino rimase parzialmente nascosto tra le rocce, i grandi occhi ancora più giganti mentre si posavano su Brianna. «Cos'è quella?»

Naturalmente il piccolo ne sarebbe stato spaventato, e neanche i pensieri di Brianna erano esattamente calmi in quel momento. Prese per mano la sua compagna da dietro di sé, cantando e pensando al contempo, *«Ebby, questa è Brianna, la mia compagna. Brianna, ti presento mio nipote, Ebby.»*

Ebby scivolò fuori da tra le rocce, la pelle turchese screziata che mutava per mimetizzarsi con i verdi e i viola più scuri delle cozze retrostanti.

«Oh mio Dio. Un bambino. Un vero... come si chiamano i piccoli delle sirene?»

«Così. Tritoncini.» Zantu sorrise.

Afferrando un pezzo di seta dalla culla e avvolgendoselo attorno ai fianchi, Brianna si avvicinò goffamente al piccolo e si inginocchiò sul fondale di pietra e conchiglie. *«È un maschio o una femmina?»*

«I tritoncini sono asessuati fino alla pubertà», le trasmise Zantu, ascoltandola solo a metà. Ebby era troppo giovane per girovagare da solo nella foresta di kelp. Dov'era Rubac? Qualcosa aveva attaccato il nido di suo fratello?

«Adesso sarai a pezzi come papà?» Un pollice si insinuò nella bocca del piccolo.

Zantu ignorò quella stilettata involontaria. «Dov'è tuo padre?»

«Con il nuovo bambino. Ho fame.»

«Cosa sta dicendo?» La corrente sotterranea dei pensieri di Brianna fremeva dal desiderio di toccare il piccolo, ma si trattenne. Ed era un bene. I tritoncini erano diffidenti nei confronti delle femmine. Non voleva che Ebby fuggisse nella foresta

di kelp. Si sforzò di pensare e cantare insieme le sue interazioni con il piccolo.

«Nuovo bambino? Quindi Didra è lì?» Le sirene spesso arrivavano al nido di un compagno già gravide, in cerca di un posto sicuro dove partorire prima di vagare di nuovo in cerca di prede più bramose. E i tritoni, loro malgrado, vivevano per quegli interludi gestazionali.

«No. Se n'è andata.» Il canto di Ebby passò a una tonalità più acuta di preoccupazione. «Adesso papà non si alza, e io ho fame.»

Un'angoscia riempì il petto di Zantu. Le sirene potevano non essere le madri migliori, ma restavano per allattare i neonati per qualche settimana, almeno finché i loro compagni non avevano trovato una leonessa marina o una lontra locale che fornisse il latte. Se Didra se n'era andata prima, Rubac non solo avrebbe combattuto la depressione, ma avrebbe faticato a nutrire un nuovo nato. Intere famiglie di tritoni avevano trovato la loro fine proprio per questo motivo.

«Brianna, Ebby ha fame», disse e inviò il pensiero. *«Ti dispiacerebbe prendere del cibo?»*

Mentre Ebby seguiva Brianna al tavolo, Zantu pattugliò il bordo della radura, inviando una nota a lunga distanza a suo fratello per chiedergli se stesse bene. Nessuna risposta echeggiò in ritorno, così chiamò il pesce donzella più vicino perché portasse un messaggio che Ebby stava bene.

La protesta acuta di Ebby attirò la sua attenzione al tavolo. «Ho detto non toccarmi!» Le spine sulla pinna dorsale del piccolo si aprirono come artigli affilati, e la coda turchese screziata si era scurita fino a diventare grigia.

Brianna teneva una mano tesa, i pensieri pieni di curiosità, agendo come se non avesse sentito. *«Le vostre code possono cambiare colore?»*

«Il piccolo è arrabbiato.» Zantu si spinse oltre e mise una mano sopra quella di Brianna. Avrebbe dovuto avvertirla di mantenere le distanze. «Ebby, calmati. Non voleva fare niente di male.»

«Non volevo creare problemi. «Brianna si giunse le mani in grembo.

«È sorda?» Ebby indietreggiò verso le alghe.

«No», Zantu si assicurò di dire e pensare le parole. «È un'umana e non ha ancora imparato la nostra lingua. Perché non mi aiuti a insegnargliela? Non ti toccherà più, te lo prometto.»

Ebby si fermò.

«Cominciamo con il tuo nome.» Guardò Brianna e indicò il tritoncino, dicendo, «Ebby.»

Brianna fece una smorfia e si ritrasse leggermente. *«Vuoi che canti?»*

«Così.» Prendendole la mano, la premette sul suo sterno. La nota vibrò di nuovo da lui.

Arricciando il naso, Brianna aprì la bocca ed emise un patetico rivolo di rumore.

Ebby ridacchiò.

«Non so cantare.» Brianna incrociò le braccia e si lasciò cadere sulla sedia.

«Parti da qui.» La sua mano sfiorò il capezzolo di Brianna mentre cercava un punto sotto il suo sterno, e dovette reindirizzare con forza i suoi pensieri al compito da svolgere. Il piacere di lei al suo tocco, che filtrava attraverso la loro connessione mentale, non aiutava.

Con un sospiro interiore, lei si raddrizzò. Questa

volta il suo suono fu un po' più forte ma ancora pietoso e molto stonato.

Lui si unì alla risata di Ebby mentre Brianna lo guardava torva. *«Hai appena chiesto a una stella marina di grattarti la pancia.»*

«Te l'ho detto, non so cantare.»

«Hai solo bisogno di pratica. Prova a farlo più basso», pensò, ripetendo di nuovo il nome di Ebby.

Raddrizzando le spalle, lei emise un lungo grugnito che salì e scese.

«Oh!» Ebby sfrecciò verso le rocce vicine e scomparve.

Zantu represse lo sgomento. «Hai appena provato a richiamare un branco di barracuda.»

La paura si insinuò nel collegamento mentale, e lei si aggrappò al suo braccio, guardandosi intorno. *«Davvero?»*

«Non ce ne sono qui vicino, per fortuna.» Come poteva essere così difficile? Il nome di Ebby era una nota facile. Un nome da bambino. Soffocò i suoi pensieri, sperando che nulla della sua frustrazione trapelasse. «Ebby, vieni fuori. Non c'è pericolo.»

«Voglio andare a casa.»

«Lo so. Ti ci porterò presto.»

«Posso andarci da solo.»

«Non voglio che tu vada là fuori da solo.»

«Cosa sta dicendo il piccolo?»

La piccola e agile sagoma di Ebby si stava già allontanando sfrecciando, tenendosi bassa vicino alle rocce.

«Ebby!»

Il flebile ticchettio sonoro di guida del piccolo si affievolì in lontananza. Il piccolo non avrebbe dovuto vagare per la foresta da solo. E poi c'era da considerare la condizione di Rubac. E un nuovo bambino. Zantu doveva assicurarsi che stessero tutti bene.

Si voltò verso Brianna, le accarezzò la guancia con la punta delle dita e si chinò a sfiorarle le labbra con le sue. *«Devi restare qui. Devo controllare mio fratello.»*

«Non posso venire? Mi piacerebbe molto conoscerlo.»

«I tritoni non portano le loro compagne nel nido di un altro. È proibito.»

«Perché?»

«Non ho tempo di spiegare. Devi fidarti di me.»

Prima che potesse discutere oltre, scivolò tra le alghe verso il nido di suo fratello.

⚘⚘⚘

Brianna fluttuava nella dolce corrente del nido, incerta su cosa fare. Non era riuscita a seguire la conversazione di Zantu con il piccolo, ma poteva solo supporre che il tritoncino fosse in pericolo. Il loro scambio cantato a volte conteneva note appena percepibili all'udito di Brianna, e si chiese se ce ne fossero altre che non aveva sentito affatto. Aveva provato a inviare i suoi pensieri al piccolo come faceva con Zantu, ma non c'era stata risposta. Poi si era chiesta se forse dovessero prima toccarsi. Pessima idea, a quanto pare. E ora il suo canto stonato aveva scacciato il piccolo per sempre. Pregò che Zantu trovasse Ebby prima che succedesse qualcosa di brutto.

Per ammazzare il tempo, esplorò la radura, ammirando il modo in cui lui aveva integrato oggetti umani con necessità oceaniche. Le spugne di mare per materasso, gli intarsi di madreperla sul legno.

Quando si annoiò, provò a fare un pisolino, ma senza Zantu a farle da ancora, si sentiva esposta. Sola.

Era sul fondo dell'oceano. Nuda, tranne per il brandello di seta che aveva sfilato dalla culla. Almeno non aveva bisogno di aria. Per quanto tempo? Desiderò averglielo chiesto.

Al di là della fitta parete di kelp, le giungeva un ronzio e un cinguettio costanti, come se si trovasse in una foresta piena di uccelli e insetti. Immaginò che i pesci e i crostacei fossero gli uccelli e gli insetti dell'oceano.

Curiosa, infilò una mano tra le fronde e le scostò, come se stesse sbirciando attraverso delle tende. Un pesce arancione brillante incrociò il suo sguardo, apparentemente curioso di lei tanto quanto lei lo era di lui. Si dimenò lì, guardandola in attesa. *«Non ho cibo per te, piccoletto.»*

Un pesce marrone e bianco screziato con una pinna dorsale appuntita sfrecciò verso l'alto e diede un morsetto a quello arancione.

«Ehi! Fai il bravo!»

Il pesce screziato saettò da un lato all'altro, poi si librò davanti al suo viso, gli occhi bulbosi che si muovevano indipendentemente l'uno dall'altro per guardare ovunque tranne che lei.

Il piccolo pesce arancione tornò, stavolta con un amico, e ancora una volta il pesce marrone scattò per attaccarlo. Il pesce arancione emise un lamento pietoso, e Brianna si ritrovò a spingersi attraverso le alghe per venire in suo soccorso. *«Smettila!»*

Tutti i pesci si dispersero.

Libera dai confini del nido, colse l'occasione per osservare la foresta di kelp. Una parete di roccia coperta da una vivace crescita muschiosa viola e rosa attirò la sua attenzione. Incapace di resistere, si mosse goffamente in avanti per dare un'occhiata più da vicino. La parete pullulava di pesci e altre creature. Un polpo maculato di viola gorgogliò fuori da una crepa nella roccia per strisciare giù per la parete e allontanarsi, come se fosse indignato dalla sua visita. Una lumaca dal guscio dorato procedeva lentamente lasciando una scia su una sporgenza mentre piccoli gamberetti rossi sfrecciavano sulla superficie intorno a lei. *«Scommetto che sai quanto mi sento goffa nell'acqua»*, pensò rivolta alla lumaca.

Qualcosa la punse a un piede, e tirò su le ginocchia di scatto, rendendosi conto di aver calpestato un anemone. La puntura bruciava da matti. Si afferrò il piede per guardare il segno rosso che le striava la caviglia. Torcendosi per evitare di toccare un altro anemone, agitò braccia e gambe e riuscì a guadagnare un po' di quota. Senza Zantu, sembrava che il suo corpo volesse naturalmente stare su un terreno solido piuttosto che fluttuare. Avrebbe dovuto prestare più attenzione.

Un piccolo squalo passò zigzagando, spaventandola. Deglutì, chiedendosi se ce ne fossero di più grandi in agguato lì vicino. Dando le spalle al muro, decise che sarebbe dovuta tornare al nido. Inoltre, il piede le faceva un male cane.

Si girò per tornare sui suoi passi e si rese conto di non essere del tutto sicura di come fare. Strati su strati di alghe sembravano tutti uguali. Quanto si era spinta lungo la parete? *«Stupida Brianna. Ti aveva detto di restare ferma.»*

Il pesce screziato con la pinna dorsale le sfiorò la mano. Lei si ritrasse, osservandolo. Dopo l'anemone, era estremamente cauta. Ma si limitò a librarsi lì, gli occhi che roteavano in ogni direzione come se fosse una sentinella incaricata di proteggerla.

Forse poteva ritrovare la crepa con il polpo e ripartire da lì? Mosse le gambe in quella direzione, gli arti che si stancavano per lo sforzo di rimanere sollevata dal fondo. Cosa non avrebbe dato per un giubbotto di salvataggio in quel momento.

Guardò la volta sopra di lei. Se fosse riemersa, sarebbe stata di nuovo in grado di respirare aria? E se l'avesse fatto, avrebbe perso la capacità di respirare acqua? Riusciva a malapena a ricordare perché avesse voluto annegarsi... era stato solo ieri? Ora aveva un dio del mare per amante. Un compagno. Poteva immaginare l'eternità, al sicuro tra le sue braccia. E perché no? Eric la credeva già morta. Tornare indietro non avrebbe risolto nulla. Le era stata data una nuova possibilità di vita. D'amore. E, forse, di maternità.

Scalciò di nuovo con le gambe, cercando un punto di riferimento familiare lungo la parete. E se non fosse mai tornato?

Respinse quel pensiero. Doveva tornare. Erano compagni. Una sola mente. La connessione mentale mancante era come un buco dentro di lei. Per curiosità, chiamò con la mente, «*Zantu?*»

Solo silenzio.

Sopra la sua testa, il curioso pesce arancione apparve di nuovo, come per invitarla a salire. Le stava cantando? Forse avrebbe dovuto nuotare fino alla cima della parete per avere un punto di osservazione migliore.

Diede dei colpi di gambe, spingendosi verso l'alto senza la grazia che Zantu poteva vantare. Il pesce screziato la seguì, tenendosi vicino al suo orecchio sinistro, il suo canto un buffo ronzio da cicala.

Sul bordo superiore della roccia, la corrente divenne più forte. Scalciò più forte, cercando di rimanere vicino alla parete. Attraverso la foresta di kelp lassù era impossibile vedere, ma le sembrò di scorgere un movimento. Qualcosa di grande. Gli squali le tornarono in mente, e il suo cuore accelerò a una velocità vertiginosa. Smise di scalciare e si lasciò affondare di nuovo. Doveva semplicemente tornare sul fondale e camminare come prima, anemoni di mare o no. Lassù si sentiva fuori controllo.

Una foglia spezzata roteò nella corrente e la colpì sulla guancia, sbattendole sopra un occhio. La scacciò via a zampate. Quando riuscì a vedere di nuovo, il pesce screziato non c'era più. Fronde di kelp le urtarono le gambe, afferrandola mentre lottava contro la corrente. Più scalciava, più rimaneva impigliata.

Il panico la travolse. Si dibatté contro i filamenti che la trattenevano. Mentre le alghe le tenevano le gambe, la corrente continuava a spingere contro il suo busto. Si ritrovò sdraiata sulla schiena, a fissare una fetta di cielo blu agitato dalle onde. Le foglie le coprivano gli occhi, le legavano il braccio destro al fianco, le bloccavano le gambe.

Quello che sembrava una risata la raggiunse, ma non poteva più vedere. Senza pensare, urlò, il suono che saliva dal profondo delle sue viscere. Sapeva che era più forte nella sua testa che nell'acqua, ma se avesse appena richiamato un altro branco di barracuda? O uno squalo?

Serrò le labbra e inviò, «*Aiuto!*» con tutta la forza che riuscì a raccogliere. «*Zantu, aiuto!*» Come avrebbe potuto trovarla, così lontana da dove l'aveva lasciata?

L'acqua le bruciò gli occhi e il naso. Le alghe le davano la sensazione di schiacciarle il respiro. Lottò contro i suoi legami, chiedendosi se, dopotutto, sarebbe morta laggiù.

Sette

Zantu trovò Rubac disteso su un cumulo di spugne di mare, con un neonato rannicchiato sul petto. Il nido era un rifugio da tritone più tradizionale, privo di tutti i detriti umani che Zantu amava raccogliere, a parte i giocattoli che portava per Ebby. Il sirenetto era già lì e lo fissava torvo da dietro una casa delle bambole.

«Fratello?» Zantu si avvicinò al tritone disteso attraverso un giardino di alghe marine mangiate fino a diventare dei moncherini.

Rubac aprì i suoi occhi verde limone. «Sei arrivato.»

«Ebby si è presentato al mio nido lamentandosi di un nuovo bambino.»

«Didra ha detto che sarebbe tornata.» La sua voce aveva una nota minore che non prometteva nulla di buono per nessun tritone. «Ma so che non lo farà.»

Zantu desiderò trovare la sirena dalla coda dorata e strangolarla con i suoi stessi capelli gialli. «Hai bisogno di aiuto per il latte?»

Rubac agitò una mano floscia, pesante di anelli e del braccialetto di preghiere che chiamava così, nell'acqua. «È inutile.»

Zantu osservò più da vicino il bambino. Il minuscolo abbozzo di coda giaceva inerte sul petto di suo fratello. Un ciuffo di capelli color ebano fluttuava leggermente nella corrente. Ma la pelle, che avrebbe dovuto essere chiazzata del colore dei neonati, rimaneva cerea. Didra se n'era andata perché il bambino era morto, o era il contrario? Il petto gli dolse per la perdita. «Rubac, mi dispiace.»

«Prenderesti Ebby per me?»

La gola di Zantu si strinse. I tritoni erano molto bravi a illudersi che le loro compagne sarebbero tornate da un momento all'altro. Bravi a concentrarsi sui figli che portavano loro, nonostante il cuore spezzato. Finché il loro cuore non si spezzava del tutto. E una volta che un cuore spezzato andava in pezzi, non c'era ritorno. Zantu non poteva permettere che suo fratello cedesse alla disperazione. «Ricordi quando papà ti ha lasciato al comando mentre andava a cercare una medicina per quel taglio sulla coda? Come ci siamo sentiti al pensiero che potesse non tornare e come siamo andati a cercarlo? Non pensi che Ebby farebbe lo stesso?»

«Sapevo che sarebbe tornato. Volevo solo andare a esplorare.» La bocca di Rubac si contrasse verso l'alto, come se volesse sorridere ma non ci riuscisse.

Spazzando il fondale con la coda, Zantu sollevò una raffica di piccole conchiglie e detriti verso il tritone. «Dico sul serio. Pensa a come ci siamo sentiti. Vuoi che Ebby si senta così?»

Nella risposta di Rubac c'era una nota di disperazione. «Ho bisogno che tu mi aiuti, così posso provare a elevare l'anima del bambino.»

Se prima la gola di Zantu era stretta, ora sentiva come se l'intero petto stesse per cedere. L'amore di suo fratello per i miti e la magia dei tritoni a volte poteva essere divertente, ma in questo caso si sarebbe probabilmente rivelato mortale. Il mito dell'elevazione narrava che una grande balenottera azzurra potesse liberare un'anima di tritone dal ciclo del mare. Ma le balenottere azzurre vivevano solo nelle profondità selvagge, lontano dalla sicurezza della foresta di kelp. Zantu e suo fratello l'avevano sfidata diverse volte prima della nascita di Ebby, Zantu in cerca di relitti, mentre Rubac parlava alle balene più piccole e ad altre creature. Allora non avevano niente da perdere se non loro stessi.

«Non è il momento di inseguire miti.» Allungò la mano verso la forma inerte sul petto di Rubac. «Perché non mi occupo io del bambino? Tu stai con Ebby.»

Il braccio di Rubac si strinse più forte attorno al figlio morto. «Devo provarci.»

«Un figlio vivo ha bisogno di te. Non puoi correre rischi come facevamo una volta.»

«È per questo che ho bisogno che Ebby stia con te.»

«Ebby ha bisogno di *te*, fratello.»

«Tu vuoi bene a Ebby e non hai ancora una compagna, quindi.»

«Zio Zantu ha una compagna Adesso», cantilenò Ebby da dietro la casa delle bambole.

Il dramma straziante con Rubac aveva quasi fatto dimenticare a Zantu di Brianna. Sperò che non fosse troppo spaventata. Sebbene avesse verificato che non ci fossero predatori nelle vicinanze, ogni muscolo del suo corpo improvvisamente bruciò dal bisogno di tornare da lei. Eppure anche suo fratello aveva bisogno di lui, e con la stessa urgenza. Era diviso tra due mondi.

Rubac si alzò dal cumulo di spugne e fissò Zantu. «Sei stato catturato? Quando?»

«È una lunga storia e non ho tempo di raccontarla ora. Ma non posso prendere Ebby. Ho bisogno di sapere che non abbandonerai tuo figlio per inseguire un mito.»

«È un'umana», buttò lì Ebby, tenendo in mano una bambola nuda dalle gambe lunghe. «Niente coda.»

Rubac sbatté le palpebre, aggrottando la fronte verso la bambola. Si rivolse di nuovo a Zantu, i suoi occhi verde limone ora acuti di curiosità. «Umana?»

«Te l'ho detto, è una storia lunga.» Zantu si allontanò, sollevato dall'apparente ritorno alla lucidità di suo fratello. «Mi sta aspettando al mio nido.»

«Che ti aspetta? Oh, ti sei proprio illuso, fratello.» Rubac mise una mano sulla spalla di Zantu. «Mi dispiace tanto. Pensavo potessi essere uno dei fortunati e sfuggire al legame.»

«Le donne umane sono diverse.»

«Dici sul serio.» Rubac si adagiò di nuovo sulle spugne. «Ti sei legato a un'umana.»

«Esatto.»

«Voglio sentire tutto.»

La curiosità innata di suo fratello diede a Zantu una carta da giocare. «Promettimi che non abbandonerai Ebby per andare nelle profondità, e io prometto di tornare tra un giorno o due a raccontarti tutto.»

Rubac parve pensarci un momento, poi annuì. «Non abbandonerò Ebby.»

Zantu emise una sfilza di bolle di sollievo. Una volta che si fosse sentito più sicuro a lasciare Brianna nel nido, sarebbe potuto tornare per mantenere la sua promessa. «Grazie. Devo tornare da Brianna. Non era mai stata sola prima.» Scostò la cortina di kelp per uscire dalla radura. «Ricorda la tua promessa. Ci vediamo tra qualche giorno.»

«Anche tu, fratello. Buona fortuna.»

Zantu scivolò tra gli steli, sollevato dal fatto che suo fratello fosse tornato in sé. Almeno sperava che Rubac stesse bene e non abbandonasse Ebby per un mito. Ma Zantu aveva altre responsabilità oltre a suo fratello in quel momento.

Zantu inviò un pensiero, incerto sulla distanza che il collegamento avrebbe potuto percorrere. Aveva perso il contatto non lontano dal nido.

Niente.

Lo scorfano dalle macchie marroni che aveva lasciato a sorvegliarla avrebbe dovuto venire a cercarlo se ci fossero stati problem—non il miglior pesce da guardia, ma più affidabile dei capricciosi garibaldi aranciori che spesso servivano le sirene solo per divertimento.

Sfrecciò tra le alghe, pulsando la sua impulso sonico davanti a sé per liberare la via. Le alghe si diradarono quando uscì dal territorio di Rubac e raggiunse il costone che scendeva verso il suo. Si tuffò a capofitto oltre una sporgenza di roccia, puntando dritto al suo nido.

Facendosi largo attraverso la spessa parete di kelp nella radura, sorrise pieno di attesa. Non aveva mai avuto una compagna da cui tornare a casa prima. All'interno del nido si guardò intorno e il suo sorriso svanì. *Brianna?* Non era da nessuna parte. Aggiunse un' impulso sonico.

Scomparsa.

Certo che l'aveva abbandonato. Era quello che facevano le donne. Aveva sperato che un'umana sarebbe stata diversa, ma ovviamente no. Perché avrebbe dovuto credere che fosse diversa da qualsiasi altra femmina? Eppure una nube scura di dubbio avvolse la sua anima. Il suo nido era lontano dalla terraferma. Come poteva sperare di avventurarsi da sola e salvarsi? C'erano predatori, correnti di risacca, sirene e altri pericoli. Senza pinne o coda, sarebbe stata in balia della corrente. Doveva assicurarsi che fosse al sicuro, anche se l'aveva lasciato.

Scivolò fuori dal nido e cercò lo scorfano di guardia. Scomparso, ovviamente. Creando un canto per le semplici creature della zona, chiese dove fosse l'umana. Tutte insieme, le creature indicarono la parete rocciosa vicina. Un garibaldi arancione emise un trillo e sfrecciò via, seguito da alcuni compagni.

Un fremito di panico trapelò nella mente di Zantu. Sfrecciò all'inseguimento dei garibaldi tra le rocce e le alghe, chiamando davanti a sé sia con la mente che con il sonar.

Anche con la corrente, non avrebbe dovuto andare alla deriva molto lontano. Dov'era?

Uno scorfano dalle macchie marroni sporse la testa da dietro una gorgonia sul fondale, la sua mente che trasmetteva la sensazione di salire verso la superficie e la spinta della corrente più forte. Gli scorfani erano creature di fondo, e gli istinti della creatura avevano avuto la meglio sulla direttiva di sorvegliare Brianna.

Zantu avrebbe dovuto sapere che non poteva fidarsi di uno scorfano per segnalare problemi. Vigliacchi, fino all'ultimo.

Un'altra ondata di panico increspò Zantu. Era sua la sensazione, o la stava ricevendo da Brianna? Accelerando verso la superficie, chiamò sia con la voce che con la mente. *Brianna!*

Il panico nel suo petto si fece più forte e ora riconobbe che non era tutto suo. Una parola sussurrò nella sua mente. *Aiuto!*

Brianna! Dove sei?

Mentre entrava in una fitta sezione di kelp, le parole si fecero più forti. *Non riesco a respirare. Dio, fai presto!*

Girò su sé stesso, perlustrando la foresta circostante. Non riusciva a percepire nulla che non andasse. La connessione mentale non gli dava alcun senso della direzione. *Puoi cantare per me? Chiamami!*

No! C'è qualcosa qui vicino. Ho paura. Le alghe... i suoi pensieri erano confusi, ma il panico rimaneva acuto e chiaro.

Evocando un canto dal profondo del suo essere, Zantu formulò un comando per ogni creatura nel raggio d'azione. «Proteggete la mia compagna!»

L'acqua si agitò di attività mentre le creature vicine si passavano il messaggio: i profondi richiami da corno di nebbia di una vicina ombrina nera, il ronzio di un banco di persici e, basso contro il fondo dell'oceano, il ba-ba-ba di alcuni pesci pipistrello. E poi un forte abbaio di un leone marino — un avvertimento contro l'invasione del suo territorio. Zantu si diresse verso il richiamo, correndo tra gli steli finché non individuò il muso baffuto del maschio di leone marino locale. Aveva interagito con la creatura in precedenza, e questa tollerava Zantu in quello che considerava il suo dominio.

«Cosa c'è?»

Il leone marino scoprì i denti con un'aggressività insolita e rispose con la nota che i leoni marini usavano per avvertire i rivali.

Zantu inclinò la testa per guardare con la coda dell'occhio, in modo sottomesso. «Mi conosci, fratello. Non sono qui per fare del male a te o alla tua famiglia. Sto cercando un'umana.»

La bestia gli girò intorno, e il bianco degli occhi spiccava netto contro la lucida pelliccia marrone. Grugnì la storia di una sirena che faceva dei giochi, usando il kelp per intrappolare e annegare i cuccioli del suo harem.

Con lo stomaco in subbuglio, Zantu digrignò i denti. Una sirena avrebbe trovato Brianna ancora più divertente con cui giocare rispetto ai cuccioli di leone marino. «Portami lì.»

Il grosso animale fece una capriola e sfrecciò tra le alghe verso un'area strappata dai suoi ancoraggi per creare un tappeto galleggiante di vegetazione. Grossi steli si aggrovigliavano nella volta, strappando altri steli mentre la corrente continuava il suo percorso inarrestabile. In lontananza, le grida dell'harem del leone marino si univano alle risatine beffarde di una sirena in ritirata. Il grosso maschio ruggì e accelerò in quella direzione.

Zantu si dispose a spirale per seguirlo, poi notò dei luccichii di pelle in mezzo all'intrico di kelp. Un piede nudo spuntava dall'interno del tappeto. Riorientando la sua traiettoria, si fece largo violentemente attraverso la massa verso la sua compagna.

«Sono qui», pensò mentre strappava via gli steli e i detriti. Spostando tappeti di foglie piatte, cercò il suo viso.

I suoi pensieri erano scivolati in una calma nebbiosa. Quasi inesistente. Strappò via una foglia e trovò i suoi occhi fissi su di lui. Che lo trapassavano. *«No!»* Immediatamente, pose le labbra sulle sue e rilasciò un flusso di bolle nella sua bocca. *«Brianna, respira!»*

Il corpo di lei si scosse, le alghe che ancora le legavano gli arti. Non poteva morire. Di nuovo le baciò le labbra, cercando di ricordare esattamente come aveva fatto quando si erano incontrati per la prima volta. Un conto era che lei lo lasciasse, tornasse in superficie. Tornasse alla sua vita lì. Sapendo che lei viveva, anche lui avrebbe potuto continuare a vivere. Ma se fosse morta tra le sue braccia, non avrebbe più avuto nulla per cui vivere. *«Ti prego, Brianna... Ti amo.»*

«Liberami, pensò lei.*»*

Il dolore nelle sue viscere si contorse bruscamente. Lo straziò fino al midollo. Gli ricordò che aveva lasciato il nido, nuotato verso la superficie per cercare la fuga. Anche adesso, cercava di essere libera da lui. Desiderò poter imitare quel desiderio. Il legame che aveva pensato di trovare un modo per spezzare si era solo rafforzato col passare del tempo. Era intrappolato dal legame tanto quanto lei lo era dalle alghe che la avviluppavano.

Artigliando una manciata di steli, li strappò. Un'altra manciata. Scatenandosi sulla materia vegetale inanimata, distrusse steli spessi e fronde e li lasciò andare alla deriva nella corrente. «Non avresti dovuto lasciarmi» ringhiò, i suoi pensieri un calderone ribollente di emozioni che lei probabilmente non poteva decifrare. Non era nemmeno del tutto sicuro di cosa provasse, se non che gli faceva male più di quanto avesse mai creduto possibile. Voleva farle del male e stringerla a sé contemporaneamente.

Quando strappò l'ultimo legame, lei gli avvolse le braccia intorno al collo e seppellì il viso contro la sua spalla. *«Oh, Dio, grazie.»*

Le sue emozioni frenetiche si sciolsero come sale nell'acqua. Abbracciandola, assaporò la sensazione del suo calore contro di sé, il profumo di sole della sua pelle che lo aveva tanto affascinato. Come poteva avere un tale controllo su di lui? Non importava. Lui era suo, ora e per sempre. E lei era viva.

«Non lasciarmi più.» Lei lo strinse più forte.

Stava giocando con lui, ovviamente. Usandolo quando aveva bisogno di lui solo per gettarlo via alla prima occasione. Il suo petto doleva, come se il legame di coppia potesse spremergli via la vita. Cercò di leggere i suoi pensieri, ma i suoi erano troppo tempestosi per vedere oltre. *«Pensavo volessi essere liberata.»*

«Volevo essere liberata dalle alghe. *Credevi che intendessi libera da te?»*

«Per quale altro motivo avresti cercato di raggiungere la superficie?»

Lei si scostò dal suo petto per guardarlo in faccia. *«No. Sei stato via così a lungo e mi sono annoiata. C'erano questi pesci che combattevano, e ho pensato di dividerli. So che è stato stupido. Sarei dovuta rimanere ferma. La corrente mi ha risucchiata via. Non riuscivo più a trovare il nido. Poi ho urtato le alghe e, e…»* I suoi pensieri si accavallavano l'uno sull'altro, saturi di terrore puro. *«Pensavo che sarei morta.»*

Un'ondata di sollievo lo travolse. E di colpa. La connessione dei loro pensieri non poteva mentire. *«Prometto di non lasciarti mai più sola.»*

Arricciò la coda per accarezzare la curva sensuale del suo sedere con la pinna. Le sue gambe lo affascinavano ancora, e il modo in cui poteva abbracciarlo con le braccia e le gambe durante l'amore lo faceva impazzire di desiderio. Lei sospirò nella sua mente alla sua carezza e divaricò le cosce. La sua mente irradiava fiducia. Impegno. Amore?

Il suo sesso si gonfiò e pulsò contro la guaina, implorando di essere liberato, di trovare appagamento nel suo nucleo ardente, ma lui si trattenne. Voleva assaporare ogni momento possibile. Farla desiderare lui tanto quanto lui desiderava lei. Le passò le mani lungo la curva dei fianchi, i pollici che sfioravano i leggeri incavi delle sue ossa iliache finché non trovarono il soffice cumulo di peli tra le sue gambe. Così morbido, così caldo, il cumulo pulsava mentre lui vi appoggiava sopra le dita, scivolando tra quelle gambe sensuali.

Lei fece scorrere le mani sulle braccia di lui, sui bicipiti, intorno al suo collo. Lui abbassò la testa per baciarla, le dita che le massaggiavano le labbra vaginali mentre la sua bocca le dischiudeva le labbra per ricevere la sua lingua. Le dita di lei raggiunsero il bordo superiore della sua pinna dorsale e ne tracciarono entrambi i lati lungo la spina dorsale fino ai fianchi. Il suo sesso scattò libero. Ancora lo ignorò, rapito dalle erotiche rotazioni dei fianchi di lei contro la sua mano.

Lasciando le sue labbra, trovò un seno, prendendole il capezzolo tra i denti per mordicchiarlo delicatamente. Le dita di lei lo artigliarono, la sua mente che spiraleggiava tra piacere e dolore. Avrebbe dovuto essere cauto nell'usare i suoi denti appuntiti contro la sua pelle tenera. Massaggiandole ancora il suo bocciolo umido, passò all'altro seno e portò il capezzolo a un picco duro come roccia, prima di tracciare baci lungo il suo ventre.

Lei si inarcò e si tese contro di lui. Le avvolse l'altra mano intorno per stringerle il sedere e immerse la testa tra le sue gambe per sostituire le dita con la lingua. Aveva un sapore buono quanto il suo odore, e si inarcò più forte contro di lui, i suoi pensieri che anelavano alla penetrazione.

«Come desideri», le inviò, e le immerse un dito dentro. Le creste interne di lei fremettero attorno al suo dito. Ne infilò un secondo e scoprì che piegando le dita mentre affondava nelle sue profondità la mandava in una cascata di piacere. La connessione mentale condivisa al suo orgasmo fremente quasi gli fece versare il suo seme nell'acqua circostante.

Tenendola per i fianchi, le scivolò lungo il corpo per trovare di nuovo la sua bocca con la sua. Il suo sesso entrò nel centro di lei con la stessa facilità con cui un'anguilla ritorna nella sua tana: liscio, aggraziato e di misura perfetta. Lei sospirò in soddisfazione mentale e sollevò il viso per baciarlo.

«Ti amo per sempre», pensò mentre inviava il suo seme nel profondo di lei.

Come un cucciolo di lontra, Brianna giaceva sul petto di Zantu, mentre metri sotto di loro il baldacchino di alghe ondeggiava in motivi ingannevolmente benigni. Allungò una mano e ruppe la superficie dell'acqua; le goccioline sulla punta delle dita rifrangevano il sole al tramonto in minuscoli arcobaleni. Ritirando la mano nell'abbraccio dell'oceano, fece scorrere i polpastrelli lungo i muscoli scolpiti dell'addome di Zantu. Il pensiero di tornare giù attraverso le alghe, fino al suo nido, la terrorizzava. Stare lontana da Zantu la terrorizzava. Tutto di quell'oceano la terrorizzava. Più che terrorizzarla. Mentre sia la paura adrenalinica sia la passione post-coitale scemavano, si rese conto di essere furiosa. «*Come hai potuto lasciarmi sola in quel modo?*»

Zantu la strinse più forte a sé, la coda che spazzava ritmicamente l'acqua. «*Mi dispiace...*»

Lei lo spinse, si dimenò quando lui la lasciò andare, poi gli si aggrappò e prese invece a colpirgli il petto duro come la roccia. «*E se non fossi tornato in tempo? Ti rendi conto che avrei smesso di respirare?*»

«*Ho lasciato uno scorfano a vegliare su di te...*»

«*Un pesce? Mi hai lasciato alle cure di un pesce?*»

«*Un errore, lo ammetto.*»Le afferrò il pugno con cui gli stava colpendo il petto. «*Non so perché hai avuto problemi a respirare. Il legame del respiro dovrebbe durare fino alla luna nuova. Forse quella sirena l'ha spezzato.*»

Una nuova paura le mise radici nello stomaco. «*Legame del respiro? È un incantesimo? E se si spezzasse di nuovo?*»

«*Non ti lascerò più.*»Il suo volto era duro e risoluto. «*Non finché non saprò come tenerti al sicuro.*»

La sua risposta evasiva trasformò la sua paura in sospetto. «*Non è quello che ti ho chiesto.*»

«*Finché sarò vicino, potrò rinnovare il legame.*»

Lei fissò il cielo che si oscurava. «*Non puoi assolutamente garantirmi che sarai al mio fianco ogni momento di ogni giorno.*»

La sua mente era un turbine di idee finché non si fermò su un pensiero incerto. «*Mio fratello potrebbe conoscere una magia più profonda.*»

Il pugno di lei si strinse sotto il palmo di lui finché le unghie non le penetrarono nella carne. «*Non ti lascerò di nuovo da sola.*»

«*No. Non lo farò.*»

«*E allora?*» domandò lei, sperando che i tritoni avessero un modo per comunicare a lunga distanza, pur sapendo che non era così. Se l'avessero avuto, lui avrebbe potuto semplicemente chiamare suo fratello la prima volta.

«*Verrai con me.*» Nonostante il muro che aveva cercato di erigere tra le loro menti connesse, immagini terrificanti le balenarono davanti agli occhi. Un branco di tritoni inferociti che smembravano uno di loro: sangue che riempiva l'acqua, e un terribile silenzio mentre si allontanavano, lasciando il morto in pasto ai pesci.

Sussultò, l'acqua salata che le andava di traverso. *«Chi sono quei tritoni?»*

Il petto di Zantu si alzò e si abbassò in un sospiro. *«Ricordi che ti ho detto che è proibito portare una compagna nel nido di un altro? La punizione per aver infranto il patto è la morte.»*

Il suo cuore batteva così forte che pensò potesse esplodere. *«Ma... anche tuo fratello?»*

«Mio fratello non è come gli altri tritoni. Mi ascolterà.» Le parole che le inviò erano ferme, eppure lei percepì una nota falsa nella sua sicurezza.

«Perché una punizione così severa?» chiese lei.

«La maggior parte dei tritoni è costituita da creature solitarie, evitano sia le sirene sia gli altri tritoni.» Le sue braccia si strinsero intorno a lei. *«Sfortunatamente, è noto che i tritoni più deboli assecondino il desiderio di una compagna e rivelino l'ubicazione dei nidi di altri tritoni. Qualsiasi tritone non legato a una compagna verrebbe probabilmente costretto ad accoppiarsi, ridotto a poco più di uno schiavo. Chiunque la rifiuti subisce la sua ira, non solo verso sé stesso ma anche verso i suoi figli. Intere famiglie sono state distrutte da una sola sirena. Un nido dovrebbe essere un santuario. Un luogo sicuro, nascosto tra le*

alghe, lontano da predatori e sirene. Rivelare la posizione di un nido è uno dei peccati più gravi. Eseguire la punizione è una delle poche volte in cui i tritoni si riuniscono.»

Deglutì, incapace di cancellare dalla mente quelle immagini violente. *«Non voglio che ti faccia del male.»*

«Rubac e io condividiamo un legame speciale, più stretto di quello tra altri fratelli. Abbiamo passato molti anni insieme esplorando le profondità selvagge in cerca di tesori e conoscenza. Quando Didra l'ha catturato pensavo che il nostro rapporto sarebbe finito, ma lui è forte. Si fida di me tanto da farmi visitare il suo nido. Da farmi prendere cura di suo figlio.»

«E se mi lasciassi in superficie?» Lo strinse più forte, premendo il viso contro il suo petto. *«Potrei galleggiare lì e respirare finché non torni.»*

I suoi pensieri, già cupi, si fecero tempestosi. *«La superficie non è sicura. I predatori possono vederti dal basso, le onde possono sommergerti dall'alto. E altri umani potrebbero trovarti e portarti via.»*

Non disse l'ultima parte, ma questa attraversò i suoi pensieri senza essere invitata. Lei gli accarezzò amorevolmente la pinna dorsale. *«Non voglio lasciarti, amore mio.»*

Un brivido gli percorse la pelle e il senso di colpa inasprì la connessione mentale. *«Sto cercando di fidarmi di te. Ma tutto quello che ho imparato sulle donne mi dice di non farlo.»*

Dal poco che aveva imparato — e visto — sulle sirene, sapeva che lui stava combattendo una battaglia in salita. Voleva che si fidasse di lei. Credeva che col tempo l'avrebbe fatto. E doveva ammettere che l'idea di respingere squali o di cercare di tenere la testa fuori da onde fragorose le sembrava tanto improbabile quanto sopravvivere a un viaggio verso il nido di Rubac. *«Se la superficie è esclusa, deve esserci un'altra opzione. Dove ha imparato Rubac a conoscere la magia? Ci possiamo andare?»*

Un flusso di bolle gli uscì dal naso. *«Le profondità selvagge sarebbero più pericolose che portarti al nido di Rubac. Penso che Rubac capirà le circostanze speciali. Specialmente visto che hai già conosciuto Ebby.»*

I suoi pensieri tornarono al piccolo tritone e al motivo per cui Zantu se n'era andato la prima volta. *«Ebby sta bene?»*

«Ebby per ora è al sicuro. È mio fratello a preoccuparmi.» I pensieri di Zantu si offuscarono e vacillarono per l'incertezza.

«Perché?»

«Il suo nuovo piccolo è morto. Molto probabilmente nato morto. Lui è…»

«Nato morto?» La connessione mentale con Zantu scoppiettò e parve sfrigolare, come se fosse in cortocircuito. Un inaspettato tsunami di ricordi la travolse. Il primo suono del battito del cuore della sua bambina. L'odore di vernice fresca nella nursery. La sensazione di quel primo calcetto tremolante dal profondo del suo ventre. E poi il giorno in cui si era resa conto che i calci erano cessati. Il dolore di un travaglio e di un parto inutili. La beata incoscienza dovuta alla perdita di sangue.

E infine, Eric sulla porta della stanza d'ospedale, che le aveva detto di aver già «sistemato tutto.» Era rimasta incosciente per cinque giorni e le ceneri erano già state sparse.

Il bruciore dell'acqua nel naso e nella gola la riportò bruscamente al presente. «Credo di capire ora perché sei venuta da me», le sussurrò nella mente. Si rese conto che stava boccheggiando e non c'era aria da trovare.

Le mani di Zantu le afferrarono il viso, e sentì la sua bocca contro la propria. I suoi polmoni si calmarono immediatamente. Il suo bacio era tenero, delicato. Infuso d'amore piuttosto che di lussuria. Un'ancora nella sua tempesta. Inclinò la testa e tracciò baci lungo la sua mascella, le mani che le accarezzavano la schiena come per calmare un cavallo. *«Credo di capire ora perché sei venuta da me»*, le sussurrò la sua mente.

Poteva non avere una voce fisica, ma il suo pensiero era soffocato dal dolore. *«Me l'ha portata via. Non ho mai potuto dirle addio.»*

«Mi dispiace così tanto.» La raccolse tra le braccia.

Forse era a causa della connessione mentale, ma il genuino dolore condiviso che fluiva dai pensieri di Zantu era più forte di tutte le parole di conforto ricevute da familiari e amici messe insieme. Decisamente più di quanto avesse ricevuto da Eric, che non riusciva a capire perché non fosse grata di essersi risparmiata la seccatura di un funerale. Scoppiò in singhiozzi contro il suo compagno, pianse veramente come non aveva mai potuto fare con Eric. Zantu la tenne stretta, senza dire nulla, perché non ce n'era bisogno. Bastava che fosse con lei. Bastava che desiderasse con tutto il cuore sistemare le cose.

Pianse dal profondo della sua anima, e l'oceano accettò le sue lacrime come proprie.

Dopo aver consolato il dolore di Brianna, Zantu la trasportò attraverso le alghe buie come la notte. I suoi pensieri erano addolorati ma saldi. Qualcosa dentro di lei era cambiato, come se l'acqua salmastra fosse stata lavata via da una marea montante. Ne aveva passate tante, anche prima che lui la incontrasse. Che fortuna avere una compagna che non solo volesse restare con lui, ma desiderasse anche dei figli. Figli che avrebbero cresciuto insieme. L'ansia che provava nell'avvicinarsi al nido di suo fratello si mescolava al desiderio di condividere la notizia del suo fortunato accoppiamento. Chi avrebbe mai detto che un'umana sarebbe stata una compagna così perfetta?

Sbatté la coda e li spinse verso il nido di Rubac. Sperava che la notte mascherasse la vicinanza di Brianna mentre parlava con suo fratello. Una parte sciocca di lui sperava di cavarsela senza che Rubac si rendesse conto che il suo nido era stato rivelato. Un'altra parte sperava che suo fratello se ne accorgesse e volesse conoscere la sua compagna. Si era sempre chiesto come un tritone potesse essere così debole da portare la propria compagna a vedere altri tritoni, ma ora capiva il desiderio di presentarla ai propri fratelli.

Brianna si aggrappava alle sue spalle, i pensieri intorpiditi dalla stanchezza. L'adrenalina lo teneva in movimento. Inviò impulsi sonici davanti a sé per guidare il cammino. Un tritone non era mai cieco finché c'erano punti di riferimento per l'ecolocalizzazione. Uno dei pericoli delle profondità selvagge era la vasta distesa d'acqua senza nulla di fisico con cui orientarsi, eccetto la corrente. Pregò che suo fratello avesse le risposte di cui avevano bisogno, perché un viaggio nelle profondità selvagge sarebbe stato impensabile con Brianna al seguito.

Raggiunse la fitta parete di alghe che circondava il nido di Rubac e sciolse le braccia di Brianna dal suo collo. Guidandole le mani verso una pietra ruvida incrostata di cirripedi, pensò, *«Rimani esattamente qui. Sarò proprio dall'altra parte di queste alghe. Se avrò bisogno di farti entrare nel nido, non stabilire un contatto visivo. Non interagire. E soprattutto, nessun contatto fisico. Hai visto cosa è successo con Ebby. Fai finta di essere invisibile, okay?* «

Lei annuì nell'oscurità, gesto che lui percepì come una leggera increspatura dell'acqua.

Le accarezzò la guancia con le nocche e poi le sfiorò le labbra con le sue. Era troppo bella per essere invisibile, ma suo fratello era già accoppiato e avrebbe dovuto essere immune alla maggior parte del fascino femminile. Pensare al suo fascino accese un fuoco basso nel suo ventre, e dovette reprimere il suo desiderio. Non era né il momento né il luogo.

Allontanandosi da lei, scostò le alghe fittamente intrecciate. Normalmente si sarebbe annunciato prima di entrare, ma voleva anticipare l' impulso sonico di Rubac. Una volta che Zantu fosse stato all'interno, si sperava che la breve interrogazione di Rubac non avrebbe rilevato la presenza di Brianna all'esterno.

Superate le alghe, si avvicinò al cumulo di spugne su cui Rubac riposava di solito. Conosceva la disposizione dalle visite precedenti e si mosse con sicurezza fino a un braccio di distanza dal letto. «Rubac, sono Zantu.»

Nessuna risposta. Nemmeno il fruscio dell'acqua contro una pinna mentre Rubac o Ebby si muovevano.

«Rubac? Ebby?.»

La radura rimase ancora silenziosa. Emise un altro impulso e ne ascoltò l'eco di ritorno. Non c'era nessuno in casa. Inviò un'interrogazione più forte, verificando gli altri oggetti nel nido. I giocattoli di Ebby erano proprio dove il piccolo li lasciava sempre, e il cumulo di spugne marine era intatto. Nulla sembrava fuori posto.

Il battito del cuore di Zantu accelerò fino a martellargli nelle orecchie. Qualcosa non andava. Tornò dove aveva lasciato Brianna, sollevato di trovarla ancora lì. «*Non c'è nessuno in casa.* «

«*Dove pensi che sia andato?* «

Si passò una mano tra i capelli. Poteva solo supporre che Rubac avesse preso il corpo del piccolo per seppellirlo nella barriera corallina ai margini delle profondità selvagge. Perché suo fratello avesse deciso di farlo sul far della notte era un mistero. «*Probabilmente al funerale del piccolo.* «

«*Oh.*» I suoi pensieri si oscurarono, la sua stessa perdita uno sfondo tagliente pieno di cicatrici. «*Non dovresti essere lì anche tu?* «

La sua preoccupazione per il fratello, nonostante lo stato mentale, lo commosse. «*I funerali sono rari e molto privati quando accadono. La maggior parte dei tritoni muore in solitudine e i morti vengono scoperti solo quando le loro ossa si sono già disperse in mare. Quando una persona cara trova un corpo, viene portato ai margini della barriera corallina e nascosto in una fessura.* «

L'idea di Rubac ai margini della barriera corallina, dove le alghe si interrompevano e iniziavano le profondità selvagge, rese nervoso Zantu. Specialmente di notte, quando i grandi predatori salivano a cacciare. Ebby non sarebbe stato in grado di tenere il passo di Rubac. Il piccolo avrebbe dovuto riposare. Eppure dormire sarebbe stato impossibile con la corrente che fluiva continuamente verso le profondità.

Inviò un'interrogazione a lungo raggio attraverso le alghe. Un nugolo di castagnole che si nutrivano di notte, ma nient'altro. La foresta sembrava troppo silenziosa. Non gli piaceva stare fuori dalla protezione di un nido. «*Aspetteremo dentro. Immagino che tornerà domattina.* «

«*Non si arrabbierà a trovarci qui?* «

«Probabilmente. Ma non ho intenzione di rischiare dormendo fuori con te.» Scostò la tenda di alghe con un gomito e la tirò dentro. La corrente all'interno del nido era assai più debole e allentò la presa intorno alla sua vita. *«Vuoi riposare sul letto o preferisci galleggiare?»*

Le dita di lei si strinsero intorno al suo avambraccio. *«Non vedo niente.»*

La stanchezza delle attività della giornata gli cadde addosso tutta in una volta, appesantendolo come una bottiglia piena d'acqua di mare. Avrebbe potuto chiamare il plancton per illuminare il luogo, ma sembrava più semplice prendere la decisione. *«Credo che stanotte riposeremo sul letto.»*

La portò fino al ciuffo di spugne marine e si rilassò, permettendo al loro peso combinato di adagiarli sulla superficie ammortizzante. Brianna si girò per rannicchiarsi contro di lui, i suoi pensieri assonnati pieni di contentezza che lo cullarono fino al sonno.

Le mormorò una ninna nanna tra i capelli: «Sei il mio tesoro sommerso.»

Lei sospirò e si strinse di più. Il dolce scorrere dell'acqua sulla sua pelle lenì i suoi muscoli indolenziti e cadde in un sonno profondo.

Nove

Brianna si destò nel buio, ma questa volta senza confusione o paura. Un coro di pesci all'alba suonava una rilassante melodia di sottofondo e lei si rannicchiò più vicino al caldo abbraccio di Zantu. Fu felice di sentire la sua erezione mattutina premere contro di lei. La sua mente era vuota per il sonno, il suo corpo era lì perché lei lo esplorasse, così allungò una mano lenta dietro di sé e cercò l'asta palpitante che l'aveva svegliata.

Nascosto nel fodero, il suo cazzo rispose a un piccolo incoraggiamento della mano di lei. Lui tese i fianchi verso di lei ma non si svegliò. Mantenendo la mente volutamente vuota per non svegliarlo, gli avvolse le dita attorno all'asta calda e premette il pollice sulla piccola fessura in cima. La sua intimità si contrasse per il desiderio mentre immaginava il suo cazzo dentro di lei. Cercando più in basso, trovò i suoi testicoli nascosti nel fodero. Massaggiò il tenero sacco, facendo rotolare le sfere tra le dita.

Zantu le premette i fianchi contro più forte e la strinse nella morsa delle sue braccia, non abbastanza da farle male ma abbastanza da immobilizzarla. Un basso ringhio gli salì dalla gola contro l'orecchio di lei. *«Buongiorno, mio piccolo pesce angelo. O dovrei dire pesce diavolo?»*

La vibrazione le provocò brividi fin nel profondo, creando una fitta che aveva bisogno di essere colmata.

La mano di lui cercò quella di lei, ancora avvolta attorno al suo cazzo, incoraggiandola a stringere e a spingere l'asta verso il basso. La punta le sfiorò il sedere e lei vi si strofinò sopra. *«Per gli abissi, donna. Siamo sul letto di mio Fratello!»*

«E allora?»

Lui la fece scivolare più in alto lungo il suo corpo finché l'apertura di lei non fu in bilico direttamente sopra il suo cazzo, con la punta che le solleticava le piccole labbra. Entrambe le mani di lui le trovarono i seni, le dita le pizzicarono i capezzoli finché non si indurirono.

Lei inarcò la schiena, spingendo i fianchi contro di lui per accoglierlo, ma lui resistette, mantenendo la punta stuzzicante proprio all'apertura. Le inviò il pensiero: *«Voglio baciare le tue labbra.»*

Lei iniziò a girarsi, ma lui la tenne rivolta dalla parte opposta.

«Non quelle labbra.» La sollevò più su lungo il petto, la pelle che scivolava contro la sua, le mani forti che la guidavano per i fianchi. Il mento di lui le sfiorò la spina dorsale, facendole fremere la schiena. Quando raggiunse la cima delle sue natiche, lei sentì la sua lingua accarezzarle il bordo superiore della fessura. Entrambe le mani gli circondarono le guance del sedere, allargandola. Un pollice si insinuò verso l'interno per cerchiare il suo ano. Lei si contrasse, desiderando di più, a prescindere dalle sue intenzioni.

Massaggiandola con una leggera pressione del pollice, lui fece scivolare il viso più in basso. Lei ansimò quando lui le spinse la bocca tra le gambe. La sua lingua scivolò lungo le pieghe tremanti di lei, finendo sul piccolo punto pulsante del suo clitoride.

La pressione della sua bocca le inviò ondate di piacere fin nel profondo del ventre.

A un certo punto erano fluttuati sopra il letto e ora galleggiavano liberi nell'acqua. Lei si agitò, cercando qualcosa a cui aggrapparsi, qualcosa che la ancorasse mentre lui lavorava il sensibile bottoncino di carne con la lingua e i denti.

«Tieniti i seni», le ordinò. *«Pizzicali per me.»*

Lei si afferrò la propria carne, pizzicando finché le scosse elettriche provenienti dalla bocca di lui non incontrarono quelle corrispondenti dei suoi capezzoli.

La bocca di lui coprì la sua intimità, la lingua che ne cerchiava ogni fessura prima di affondare profondamente dentro di lei. Lei si inarcò, desiderando di più. *«Ho bisogno di te»* pensò.

E poi lui iniziò a cantare.

Le profonde vibrazioni le penetrarono nelle ossa, riempiendola come se la stesse fottendo. La sensazione crebbe a dismisura, chiedendo di essere liberata, eppure lei desiderava che quel momento durasse per sempre. Ogni muscolo si tese, incapace di sfuggire al suo canto. La cadenza vibrante e pulsante la scosse fin nel profondo, finché il crescendo non la travolse in un grande rilascio spasmodico.

Con un unico movimento deciso, Zantu la tirò giù e il suo cazzo si assestò in profondità tra le sue pieghe.

Lei gemette, salendo attraverso un altro crescendo verso l'orgasmo. Le mani di lui sui suoi fianchi la tenevano stretta contro di sé, mentre il suo corpo si muoveva con forza. Lei allargò le cosce e avvolse i polpacci dietro di lui, sforzandosi di accoglierlo più a fondo. Voleva che il suo cazzo le sfiorasse l'anima. Che lo facesse venire così in profondità da fondersi con lei per sempre.

Un gemito gli sfuggì mentre la stringeva forte, spingendo il suo seme in profondità dentro di lei.

❦

Zantu si svegliò di soprassalto alla debole luce rosa del sole che si rifletteva attraverso il fogliame delle alghe sopra il nido. Si era addormentato quasi subito dopo aver fatto l'amore, le braccia che stringevano la sua compagna come una perla preziosa. Chiedendosi cosa l'avesse svegliato, la lasciò andare dolcemente e scivolò dal letto di spugna. Rubac si era certamente rifugiato durante la notte, ma con la luce del mattino avrebbe potuto tornare in qualsiasi momento. Zantu sperava che suo fratello non scoprisse mai che avevano fatto l'amore nel suo nido, ma anche se fosse successo, quel momento con Brianna ne sarebbe valso la pena.

Il solito canto dei pesci si diffondeva nell'acqua, apparentemente nulla di strano. Non voleva inviare una richiesta sonica a Rubac e rischiare di svegliare Brianna, così decise invece di raccogliere la colazione. I giardini di alghe sovrasfruttati avrebbero offerto poco per un pasto, ma Zantu non voleva che il suo pesce angelo iniziasse la giornata affamata.

Rubac non utilizzava molto i manufatti umani e Zantu dovette cercare tra i giocattoli di Ebby per trovare una bella ciotola dal bordo color cobalto. Portando la ciotola ai margini esterni del giardino, cercò foglie e baccelli commestibili, lasciando al loro posto le piantine più nuove per i pasti futuri. Il giardino era in condizioni anche peggiori di quanto avesse pensato all'inizio. Per quanto tempo Rubac era rimasto lì a soffrire, lasciando il povero Ebby a procurarsi il cibo da solo?

Decise di fare una rapida perlustrazione dei dintorni del nido, sia per il cibo che per scovare qualcosa di preoccupante. Forse avrebbe trovato un indizio su dove fossero andati Rubac ed Ebby. Per quanto si dicesse che probabilmente andava tutto bene, lo stato d'animo di suo fratello non era stato esattamente stabile quando Zantu lo aveva lasciato.

Fuori dal nido, la luce del sole danzava e scintillava sul fondale della foresta mentre la corrente muoveva la volta di alghe sopra di loro. Una donzella vicina emise una serie di note che suonavano come pioggia sulla superficie dell'acqua. Più lontano, una murena fece schioccare i denti prima di ritirarsi nella sua tana. Zantu trovò una piccola macchia di dulse rossa e si chinò per raccoglierne le fronde.

Qualcosa gli sfiorò la pinna dorsale. Si voltò e trovò una piccola donzella gialla che lo guardava, la sua piccola bocca increspata come se avesse qualcosa da dire. «Che c'è, piccolo?»

«Scusa, Fratello», recitò il pesciolino — le donzelle erano eccellenti nel ripetere a pappagallo una canzone. «L'Elevazione ha chiamato. Scusa, fratello. L'Elevazione ha chiamato.»

Zantu lo fissò scioccato. Suo fratello era andato comunque nelle profondità selvagge? E Ebby? Abissi. Doveva aver portato con sé il bambino-sirena. Il pesce era stato lasciato come messaggero per Zantu nel caso Rubac non fosse tornato. Il pesce sfrecciò tra le alghe, il suo compito apparentemente terminato.

Lasciando cadere la ciotola, Zantu tornò di corsa al nido di Rubac. Brianna si girò al suo arrivo, stiracchiandosi in un arco languido che non ebbe il tempo di apprezzare. *«Devo andare a cercare mio fratello. Ha portato Ebby negli abissi.»*

«Perché?» Lei si mise a sedere per guardarlo.

«Esiste un mito, un tipo di funerale chiamato elevazione che può liberare un'anima dal ciclo del mare. Si può fare solo nelle profondità selvagge con l'aiuto di un'antica balenottera azzurra.» Andò da lei, prendendola tra le braccia. Si rese conto di non averle mai parlato degli abissi, cercando solo di proteggerla da essi. *«Gli abissi iniziano oltre la foresta di alghe, dove vivono squali, calamari e altri predatori. Non ci sono punti di riferimento per orientarsi, solo la forza della corrente, che può sfidare persino la resistenza di un tritone. Non posso portarti lì. E non posso lasciarti qui.»*

Lei gli afferrò le braccia e si allontanò da lui. *«Che diavolo stai suggerendo?»*

Si rese conto che stava suggerendo di lasciarla andare. Di liberarla.

«Oh, no, non lo farai. Siamo compagni, ricordi? Qualsiasi cosa facciamo, la facciamo insieme. Inoltre, la terraferma è nella direzione opposta e tu non hai tempo da perdere. Vengo con te. Dammi solo un coltello o qualcosa per aiutarmi a respingere i predatori.»

La determinazione nei suoi pensieri quasi lo soffocò. Aveva cercato di credere che lei volesse stare con lui, ma una parte di sé aveva atteso la prova che stesse mentendo. Che, come ogni sirena, lo avrebbe lasciato senza guardarsi indietro. Ma in quel momento lei stava rovistando tra i giocattoli di Ebby, in cerca di un'arma. Progettando di accompagnarlo in un viaggio che avrebbe potuto ucciderli entrambi.

Qualsiasi riserva che potesse aver avuto su di lei svanì.

Eppure quella consapevolezza non eliminava il problema immediato.

Cercò tra le piccole statue, i gioielli e altri manufatti mitici di Rubac, ma non riuscì a trovare nulla che potesse servire da arma. Alzando lo sguardo, vide Brianna brandire una lunga asta con una rete più larga delle sue spalle. *«Posso usarla per spingere via le cose o per intrappolarle.»*

Nonostante la paura che gli attanagliava le viscere, lui sorrise. *«Il mio piccolo e feroce pesce angelo.»*

Dieci

Zantu strinse Brianna forte al petto e lasciò la foresta di kelp. Nuotavano da ore, diretti verso il grande abisso, dove i predatori cacciavano altri predatori, spesso solo per divertimento. L'improvvisa mancanza di vegetazione, unita all'immediata caduta nel nulla, gli faceva sempre rivoltare lo stomaco. Il suo viaggio più recente negli abissi era stato quando aveva seguito una scia di container caduti in mare durante l'ultima tempesta autunnale. In quell'occasione, si era imbattuto in una seduttrice dai capelli corvini che si aggirava nella zona e aveva quasi perso la sua libertà. Ora avrebbe rischiato qualcosa di molto più prezioso.

Lanciò una richiesta sonica per sondare le acque scure. Il canto non solo gli avrebbe fornito un'eco con informazioni su cosa lo attendeva, ma avrebbe anche spaventato qualsiasi incosciente calamaro cacciatore. Squali e balene erano un'altra storia, ben più difficili da dissuadere, ma li avrebbe affrontati se se ne fosse presentata la necessità.

«Come faremo a trovarli?» chiese Brianna.

Indicò una nuvola scura di krill che interrompeva la luce lattiginosa proveniente dalla superficie. *«Vedi il krill? Cerchiamo quello. Le balene seguono il krill, e Rubac sta cercando le balene.»*

Emise un breve scoppio di canto, alla ricerca dei giganteschi animali. Niente.

«Non riesco a vedere niente.» Il tremito nei suoi pensieri rifletteva la stessa paura che provava lui.

«Non c'è niente da vedere. Le balene non hanno ancora trovato questo branco. Continueremo a cercare.»

Proseguì, allontanandosi sempre di più dalla sicurezza della foresta di kelp verso acque sempre più profonde. I veri abissi selvaggi non iniziavano prima di un altro quarto di lega, dove le acque più fredde del nord si univano e si spingevano sotto la corrente proveniente dalla barriera di kelp. Si era immerso in quella corrente ere prima, quando lui e Rubac si erano avventurati per la prima volta fuori dal nido del padre. Lì trovarono la loro prima nave affondata, e Rubac aveva conosciuto le balene intelligenti che tramandavano i miti del mare.

«Che tu sprofondi, Rubac», borbottò nel suo canto. Ebby sarebbe anche solo statə in grado di sopravvivere in quelle gelide profondità? E Brianna?

Un battito di tamburo lo raggiunse da molto lontano. Poi un gemito basso calò di tono nell'acqua.

Le dita di Brianna si conficcarono nella sua spalla. *«Cos'è?»*

Le diede una breve stretta rassicurante, con il suo stesso polso che gli martellava nelle orecchie. *«Sono balenottere azzurre.»*

Un tonfo di avvertimento colpì l'acqua non appena la balena percepì la loro presenza. «Andate a fare i vostri giochi in un'altra pozza», lo ammonì la voce pesante della balena. «Avete causato abbastanza problemi per una notte.»

Zantu rallentò. «Non sono qui per giocare. Sto cercando mio fratello e lə suə figliə. Li ha visti?.»

Una forma scura si mosse tra loro e la superficie. Zantu diede un colpo di coda per resistere alla spinta verso il basso provocata dalla sua scia.

«Ah, tritone», risuonò la balena, il suo corpo incrostato di cirripedi che si estendeva all'infinito nell'oscurità. «Pensavo fosse una sirena. Le vostre femmine si sono divertite a incitare una frenesia tra gli squali qui vicino.»

Zantu resistette all'impulso di lanciare una richiesta sonica nei dintorni. Gli squali erano già un problema, ma ora doveva guardarsi anche dalle sirene. «Ha visto un altro maschio? Le avrebbe chiesto aiuto per un'elevazione.»

Il suono del tamburo si avvicinò di nuovo, e apparve un'enorme bocca, aperta come per inghiottirli. «Un'elevazione? Che strano.» La bocca li sfiorò, rivelando la sfera nera di un occhio, una luna scura in contrasto con il pallido sole delineato sopra la superficie.

Brianna rimase sorprendentemente calma nel mezzo dell'ispezione. Eccitata ma non spaventata, osando persino allungare la mano per sfiorare la pelle sfregiata della balena. *«Riesce a capirla?»*

L'occhio li osservò mentre la voce continuava a gemere nell'acqua. «Cos'è questa? Un'umana?»

Con i nervi a fior di pelle, Zantu gonfiò il petto e amplificò il suo canto a un volume potente. Voleva che non ci fossero dubbi su quanto si sarebbe spinto oltre per proteggere l'umana al suo fianco. «La mia compagna.»

La balena sbatté le palpebre e sembrò sospirare. «Non vedo un'umana accoppiata da oltre un secolo. Ha molto da imparare. Ma ora», cantò la balena con un tono pesante, adatto a un funerale, «credo di sentire Suo fratello.»

In lontananza, Zantu riuscì a malapena a percepire le note familiari della richiesta sonica di suo fratello. La balena rispose con un gemito che parve scuotere l'oceano stesso e si allontanò per ingoiare altro krill.

«Rubac!» chiamò Zantu, muovendosi per intercettarlo.

«L'hai trovato?» Brianna si aggrappò a lui con una mano e all'asta con la rete con l'altra, lottando per non perderla a causa della resistenza dell'acqua.

«Davanti a noi.»

Si lasciarono la balena alle spalle, con Zantu che lanciava richieste frenetiche per scoprire la posizione di Rubac. Il canto di suo fratello si era interrotto, ma i rintocchi più acuti e incerti del canto di Ebby si facevano più forti. «Zio Zantu!»

Zantu scattò in avanti, attratto dalla voce di Ebby. Finalmente, vide la figura di Rubac.

Accanto alle inconfondibili curve di una sirena.

Zantu arrestò la sua corsa. *«La balena ha detto che c'era una sirena in giro.»*

«Oh, merda.» Brianna brandì la rete davanti a sé, guardandosi intorno. *«Ancora non riesco a vedere un accidente.»*

«Non vedo Ebby.» Una melodia trillò alla sua sinistra, accompagnata dalle note di un'arpa di pesce. Si voltò di scatto, solo per scorgere il lampo evanescente di una coda indaco. *«Abissi. Ce n'è più di una.»*

Si rigirò verso Rubac e scattò in avanti, sperando di trovare sicurezza almeno nel numero. La sirena che stuzzicava suo fratello aveva i capelli gialli e una coda dorata. Didra.

«Oh, è venuto alla nostra festa!» trillò lei, battendo le mani. «Rubac è una tale noia.»

«Dov'è Ebby?» gridò Zantu. Con suo sollievo, la piccola figura si materializzò attraverso l'acqua punteggiata di krill. Il piccolo si teneva a distanza, evitando le sirene e osservando.

Un duetto alle sue spalle lo fece voltare appena in tempo per trascinare Brianna fuori dalla portata di una sirena dai capelli corvini. La sua coda scura catturò la luce mentre passava, prima verde iridescente e poi di un viola vorticoso. Mancava una parte della sua pinna caudale, il bordo frastagliato era raggrinzito da vecchio tessuto cicatriziale. Tubò: «Ho sentito parlare di te, Zantu.»

La sua compagna gli era familiare: le dita agili pizzicavano i rebbi di un'arpa di pesce. «Loia.»

Lei rise, mentre il suo velo di pesci fremeva e si muoveva intorno a lei a tempo con la sua arpa. «Ti avevo avvertito che un'umana non è una compagna adatta a un tritone. Specialmente un tritone grande e forte come te. Non riuscirà mai a stare al passo con i nostri giochi.»

Le nocche di Brianna erano bianche attorno all'asta

della rete, ogni muscolo del suo corpo teso. *«Cosa sta dicendo?»*

«Minacce.» Dietro di lui, sentì il minuscolo fruscio della pelle contro l'acqua mentre Didra cambiava posizione. Suo fratello rimaneva stranamente silenzioso, gli occhi socchiusi, la pinna caudale floscia. Non c'era traccia deə figliə natə mortə. «Rubac? Stai bene?»

Nessuna risposta.

La sirena dai capelli corvini sfrecciò dal basso, strofinando i suoi capezzoli scarlatti lungo il corpo di Zantu. Brianna si ritrasse, inarcandosi per allontanarsi dal contatto e facendogli perdere l'equilibrio, ma lui l'afferrò e la strinse forte a sé.

A un braccio di distanza, la sirena fece una capriola all'indietro per fronteggiarli di nuovo e fece rotolare un piccolo dardo tra le dita. Immediatamente Zantu capì cosa non andava in Rubac: tossina d'amore.

La voce della sirena trillò con una giocosità ingannevole, la sua coda sfregiata che fluttuava con un'iridescenza ipnotica. «Mi chiedo cosa succederebbe se usassi questo su di lei?»

Gonfiò il petto. «Ti ucciderò se la tocchi.»

I pensieri di Brianna vorticavano come una tromba marina, la sua attenzione prima su una sirena, poi sull'altra. Puntò la rete contro Loia. *«Siamo circondati.»*

La punta delle dita solleticò l'estremità della sua pinna dorsale, mandando un brivido nel suo sangue mentre iniziava la melodia di desiderio di Loia. «Oh, adesso sì che ci divertiremo.»

Si girò per scacciarle la mano. Il velo di pesci di Loia li avvolse. Evocando il suo impulso sonico, li fece disperdere. L'odore del sangue riempì l'acqua. Il sangue di Brianna. Doveva portarla via. E portare via anche Ebby. In fretta. Suo fratello... suo fratello avrebbe dovuto cavarsela da solo. Contraendo i muscoli della coda, scattò in avanti tra Rubac e la sua compagna. «Ebby, nuota verso casa!»

Qualcosa gli pizzicò il fianco. Per un momento pensò che fosse un altro dei pesci di Loia. Passò una mano sul punto per scacciarlo e trovò il dardo conficcato lì. Abissi. Era stato colpito dalla tossina. Strappandolo via, continuò la sua corsa, registrando a malapena la minuscola figura di Ebby che teneva il suo passo a diversi metri di distanza. La nebbia del veleno stava già prendendo il sopravvento. I muscoli gli dolevano mentre cercava di costringerli a continuare a muoversi. Per portare la sua compagna in salvo. La presa su Brianna si allentò, e la sua pelle gli sfiorò il fianco prima che la riafferrasse.

Lei si aggrappò dolorosamente al suo collo, i suoi piedi che scalciavano in un patetico tentativo di aiutarli a nuotare. *«Zantu, cosa c'è che non va?»*

«Mi ha colpito con una tossina d'amore. Presto sarò paralizzato.» Non sapeva cosa fare. Il suo sguardo perlustrò la distesa vuota dell'acqua alla ricerca di qualsiasi cosa, di un posto qualsiasi dove poter nascondere Brianna. La presa gli sfuggì di nuovo, e si rese conto che la sua coda si contraeva inefficacemente contro la corrente.

«Zio Zantu, e papà?»

Che sprofondasse, anche Ebby era in pericolo qui. Non a causa delle sirene — Didra non avrebbe permesso alle altre di fare del male al suo stesso sangue. Ma non si sarebbe nemmeno assicurata che Ebby tornasse sanə e salvə in un nido. Ebby sarebbe statə abbandonatə.

«Starà bene», pregò che non fosse una menzogna. «Presto sarò paralizzato, come lui. Devi tornare alla foresta di kelp. Porta Brianna.»

«Non conosco la strada.»

Aprì la bocca per spiegare al piccolo come fare, ma la sua voce aveva ceduto agli effetti della tossina. Il suo braccio ora si rifiutava di tenere Brianna, e lei si aggrappava a lui come se fosse un pezzo di corallo morto. «*Zantu?*»

«*Devi mostrare a Ebby come tornare a casa.*» Almeno la sua connessione mentale funzionava ancora.

«*Come? Non conosco la strada, e non potrei dirlo a Ebby nemmeno se la conoscessi.*»

«*Tieni la corrente alla tua destra e di fronte a te. Stai fuori dallo strato freddo, ti risucchierà sul fondo molto velocemente. Se ti tocca, tienitela stretta alla tua destra e nuota verso l'alto più velocemente che puoi.*» Ebby si fece strada dimenandosi, con gli occhi turchesi confusi e spaventati. Sperava che in qualche modo ǝ piccolǝ si fidasse di Brianna.

Le risate delle sirene tintinnavano verso di lui come grandine contro la superficie.

«Baciami», pensò.

«Cosa?»

«Adesso devi lasciarmi andare, e voglio che il tuo legame di respiro sia fresco.» Il pensiero che annegasse era quasi paralizzante quanto la tossina. Tutto quello che poteva sperare era che rompesse la superficie prima che l'incantesimo finisse.

«No! Ti faranno a pezzi!» Il terrore che le artigliava la mente era più forte di quando era rimasta intrappolata nel kelp.

«Se non lo fai, morirete sia tu che Ebby.»

Lo sguardo di Brianna si spostò sul piccolo tritone, poi il suo bel viso si deformò per l'angoscia. *«Non voglio lasciarti.»*

«Lo so.» Cercò di rendere i suoi pensieri calmi. Per rassicurarla. *«Ma devi. Devi salvare a bambina.»*

Si morse le labbra, poi annuì. Il dolore le arrossò i suoi splendidi occhi verdi. Prendendogli il viso tra le mani, posò le sue labbra morbide contro le sue. *«Ti amo.»*

La tossina non gli toglieva la capacità di sentire, solo di muoversi, e in quel caso era grato di avere un ultimo ricordo di lei. *«Anch'io ti amo, mio pesce angelo. Ora nuota. Torna a riva, se puoi.»*

Lo lasciò andare e si rivolse al piccolo tritone. La coda di Ebby lampeggiò con colori allarmanti, incapace di stabilizzarsi su un unico camuffamento.

L'attenzione deə piccolə si spostò da Brianna a Zantu. «Mi prenderò cura di lei, zio Zantu.»

Ebby allungò una minuscola mano palmata e prese quella di Brianna, trascinandola via nelle acque scure.

❧

Brianna strinse la mano di Ebby e scalciò per favorire la loro spinta. I canti delle sirene echeggiavano nell'acqua, cercando di riportarla indietro. Si chiese se anche Ebby sentisse quell'attrazione, o se i piccoli tritoni, essendo asessuati, ne fossero immuni. La possibile ragione biologica dell'androginia di un piccolo tritone aveva molto senso in quel momento.

La forza del canto raddoppiò la sua riluttanza a lasciare Zantu e la costrinse a usare ogni briciolo di volontà per continuare ad allontanarsi. Se non fosse stato per il piccolo tritone, sarebbe rimasta al fianco del suo compagno, a combattere ogni sirena assassina con tutta la forza rimasta nel suo corpo. Pregò che lui potesse trovare un modo per scappare. Per ritrovarla. Era più forte di qualsiasi uomo avesse mai incontrato.

Ebby la trascinò, usando la corrente per favorire la loro spinta. Ora era il momento di andare controcorrente. Di tornare verso i banchi di kelp. Brianna tirò la presa del piccolo e indicò con la mano libera in lontananza, mantenendo il flusso dell'acqua leggermente alla sua destra come le aveva insegnato Zantu.

Le sopracciglia di Ebby si sollevarono in risposta al gesto silenzioso di Brianna. Il piccolo tritone sbatté le palpebre due volte, poi annuì e cambiò direzione.

Brianna emise un sospiro di bolle, grata che il piccolo non volesse discutere. L'ultimo desiderio di Zantu era stato che Ebby raggiungesse la salvezza, e Brianna avrebbe fatto tutto il possibile perché ciò accadesse, anche se fosse annegata nel tentativo. Scalciò con tutte le forze che riuscì a raccogliere. Ma la stanchezza si stava già facendo sentire. La resistenza della rete era maggiore di quanto avesse immaginato, forse perché ora andavano controcorrente invece che a favore. Il povero piccolo Ebby si dimenava ferocemente, ma non sembrava che stessero facendo molti progressi.

Un crampo le attanagliò il polpaccio destro e si piegò in due, cercando goffamente di massaggiarlo senza lasciare la rete. Le minuscole impronte dei denti lasciate dallo sciame di pesci della sirena continuavano a perdere sangue.

Deglutendo, Brianna scrutò le acque circostanti. Zantu non aveva detto qualcosa sui predatori? Una volta aveva guardato un documentario sui calamari giganti, con un video in bianco e verde di una creatura grande quanto un uomo che si aggrappava alla maschera di un sub. Il raschiare e lo scricchiolio del suo becco che mordeva la plastica risuonavano ancora nella sua memoria. Zantu aveva usato il suo canto per verificare la presenza di predatori, eppure Ebby si muoveva silenziosamente nell'acqua. Brianna sperava che fosse un altro trucco di sopravvivenza, come l'androginia che li rendeva immuni ai canti delle sirene.

Sopra di loro, la sfera del sole sembrava più debole, e l'acqua era diventata decisamente più fredda sulla sua pelle. Si riorientò verso la superficie e puntò la rete come una prua. La gamba minacciava un nuovo crampo, ma lei insistette a scalciare finché Ebby non se ne accorse e cambiò direzione. La spinta verso il basso era ancora più implacabile della corrente verso l'esterno, e sembrò un'eternità finché un'improvvisa ondata di acqua più calda non diede a Brianna una sferzata di energia in più. Scalciò disperatamente verso il sole.

Improvvisamente Ebby si bloccò e si girò a guardare dietro di loro. Un tremito passò tra le loro mani unite, e Brianna aguzzò la vista nel buio. Ombre. Ombre in movimento. Le sirene li avevano trovati? La curva affilata di una pinna dorsale fendeva le acque.

Squali.

Davvero? Squali? Le parve di essere intrappolata nel peggior incubo mai concepito. Strinse più forte la rete, rendendosi conto di quanto fosse sciocca e inutile.

Le creature si muovevano sinuosamente verso di lei, le bocche dentate aperte per assaggiare l'acqua. Uno grande era in testa. Quando uno più piccolo gli si affiancò, il gigante scattò di lato per morderlo. Un altro squalo di medie dimensioni superò la lotta, deciso a ingaggiare la sua preda.

Per la prima volta, Ebby emise un ampio arco di suono. Non era neanche lontanamente autorevole come la voce tonante di Zantu, ma ebbe comunque un certo effetto. Gli squali si allontanarono, tutti tranne il più grande. Il mostro sembrava semplicemente contento di essersi sbarazzato della concorrenza.

Brianna lasciò la presa sulla mano del piccolo. Cercò di liberarsi per permettere a Ebby di scappare. Ma il piccolo tritone non la lasciò andare. Invece, Ebby scosse la testa per negare l'idea. Che il piccolo avesse un piano?

La bocca dello squalo formò un ovale di denti letali. Brianna gli puntò contro la rete, sperando almeno di costringerlo a mantenere le distanze. Lo squalo fu più agile e intelligente di quanto immaginasse, scansando la rete con il muso per poter scivolare lungo l'asta. All'ultimo momento, Ebby strattonò via Brianna. Il fianco ruvido come carta vetrata della bestia le sfiorò il piede, lasciando una scottatura bruciante sulla sua scia.

Ebby si voltò, la piccola coda che sferzava l'acqua, ed emise un'altra onda di canto. Lo squalo la ignorò e tornò indietro, girandole intorno. La presa del piccolo tritone su Brianna si strinse, tremando selvaggiamente. Brianna si rese conto che il piccolo non era all'altezza di quella bestia, non importava quanto fosse coraggioso.

Raccogliendo le forze, liberò la mano dalla stretta del piccolo tritone, afferrò la rete con entrambe le mani e la abbassò tra sé e lo squalo in un arco esasperatamente lento. Se fosse riuscita a incastrarla nella bocca della creatura, almeno Ebby avrebbe potuto scappare.

Ebby gridò di nuovo e lo squalo si contrasse verso destra.

Direttamente nell'anello della rete.

La creatura scattò in avanti, con il muso nella rete, e il cerchio si incastrò contro la sua pinna dorsale. La testa di Brianna scattò all'indietro per l'improvvisa velocità, la sua presa sull'asta si allentò leggermente. La rete sembrava al tempo stesso irritare e confondere la bestia. Si contorse e rotolò, cercando di liberarsi. Brianna si tenne stretta come se tenesse una tigre per la coda.

Ebby sfrecciò davanti al muso dello squalo, inducendolo a seguirlo. La creatura tirava con determinazione, rallentata dal peso di Brianna. All'inizio Brianna pensò che il piccolo tritone intendesse usare lo squalo per tornare a casa. Invece, Ebby si girò verso la corrente.

Indietro, verso Zantu e le sirene.

A quanto pareva, stavano davvero per tenere la tigre per la coda.

Undici

Zantu chiuse gli occhi e cercò di respingere gli effetti del canto di Loia. Le mani di lei gli accarezzavano il petto e le braccia. Il suo canto, infinito, elogiava il suo fisico e prometteva piaceri inenarrabili. Una mano trovò la sua guaina, tentando di adescare il suo cazzo per liberarlo.

Poi una seconda voce si unì alla sua, lottando per la supremazia. Zantu socchiuse gli occhi. La sirena dai capelli corvini ondeggiava nella luce filtrata, la sua pelle iridescente che cambiava con colori ipnotici. I suoi capezzoli cremisi erano appuntiti come il dardo con cui lo aveva colpito. La sua fessura genitale si apriva in modo invitante, e il suo corpo rispose con una volontà che non gli apparteneva.

Loia strillò per lamentarsi, scagliando il suo velo di pesci contro la nuova arrivata.

Quella scura rispose strillando: «È stato il mio dardo ad abbatterlo!»

L'acqua ribollì di schiuma e brandelli di pesci mentre le due si avvinghiavano in una lotta furiosa. Quella iridescente si girò e colpì Loia in faccia con la sua pinna caudale sfregiata, facendole uscire il sangue. La mano di Loia volò alla sua bocca, e lei barcollò all'indietro, la sua arpa di pesci che scompariva alla vista.

La sirena scura ondulò verso Zantu, con un sorriso predatorio sulle labbra.

Loia si riprese e scattò in avanti, con la bocca aperta per affondare i denti appuntiti nella spalla dell'altra.

E poi un lampo d'oro: Didra sgusciò oltre la zuffa e premette i suoi capezzoli color corallo contro il petto di Zantu. Il suo canto al suo orecchio era sottile, sommesso e deliziosamente invitante.

Il suo cazzo si tese contro la fessura genitale di lei. L'impotenza dovuta alla tossina d'amore gli artigliava l'anima. Bruciava nel suo sangue. Si infuriava contro l'ingiustizia di un sesso che deteneva così tanto potere sull'altro. Le unghie gli si conficcarono nel palmo della mano mentre ordinava a ogni muscolo di combattere la promessa del piacere.

Un altro strillo rabbioso, e Didra fu strappata via da lui. Lampi di pinne indaco, oro e nero iridescente crearono una danza inebriante. L'acqua divenne torbida di resti di pesci e sangue. Il furioso canto aumentò d'intensità mentre ognuna cercava di sovrastare le altre, le loro voci fuse in un'unica, primordiale melodia di lussuria.

Il suo cuore accelerato gli pulsava in testa, il ritmo sovrastava la musica nell'acqua agitata. Strinse i pugni, concentrandosi sulla sensazione delle unghie che si piantavano nel palmo della mano. Forse la tossina stava svanendo. Se solo fosse potuto sgattaiolare via in quel momento, mentre erano impegnate a competere l'una con l'altra.

Dal nulla, qualcosa si schiantò nel mezzo della rissa. Ebbe a malapena il tempo di riconoscere la forma predatoria di un enorme squalo, con un'umana che lo seguiva come una lampreda...

«*Brianna?*» le inviò.

C'era troppo caos perché lui potesse percepire qualcosa in risposta. L'acqua torbida si arrossò di più del solo sangue di pesce, e le urla delle sirene non avevano più un accenno di seduzione. *«Brianna!»* le inviò. Sicuramente se l'era immaginato. Come poteva controllare uno squalo? Nelle migliori circostanze, nemmeno il canto delle sirene poteva esercitare molto controllo su quelle bestie, se non incitarle l'una contro l'altra. Brianna non sapeva nemmeno cantare.

Scosse la coda, raccogliendo ogni briciolo di forza che aveva per combattere la tossina che svaniva e riguadagnare mobilità.

Una voce lo raggiunse. Non attraverso l'acqua, ma nella sua mente. *«Zantu!»*

«Brianna? Dove sei? Ti avevo detto di scappare!»

Dalla nuvola sanguinolenta emersero un piccolo tritone seguito da un'umana goffa e annaspante. Il rumore famelico di ossa sgranocchiate dall'interno confermò che lo squalo era impegnato altrove.

Il pensiero di Brianna echeggiò con energia febbrile. *«Siamo qui per salvarti.»*

«Dov'è mio padre?» gridò Ebby.

Zantu stava riacquistando forza di momento in momento e si voltò per indicare la direzione in cui ricordava di aver lasciato Rubac. Ebby gli prese la mano e iniziò a trascinare sia lui che Brianna in quella direzione. Man mano che la tossina lasciava il suo sistema, si unì agli sforzi del piccolo.

Inviò una richiesta e gli fu risposto da una versione debole del canto familiare di Rubac. Ebby li lasciò e si precipitò in avanti. Zantu approfittò del momento per stringere Brianna al suo fianco. «*Non saresti dovuta tornare.*»

Lei gli avvolse le gambe intorno e nascose il viso contro il suo collo. «*Pensavo di averti perso.*»

«*Come diavolo hai fatto a domare uno squalo?*»

«*Mi sono solo aggrappata. Ebby è un bel tipetto tosto.*» Il suo corpo tremante gli raccontava una storia più grande.

Lui la abbracciò, assaporando il profumo dei suoi capelli e della sua pelle. La sua immaginazione si agitò con altri esiti ben più probabili. «*Questa volta ti è andata bene.*»

Rubac apparve attraverso l'acqua nebbiosa, i movimenti della coda ancora scoordinati per gli effetti della tossina. Ebby gli teneva la mano, facendo strada.

Zantu guardò oltre la testa di Brianna per salutare suo fratello. «A cosa stavi pensando, Rubac? Gli abissi non sono un posto per un piccolo.»

«Ti sei rifiutato di aiutare.» Rubac chinò il capo. «E Papà ci portava qui fuori. Ebby voleva venire.»

«Volevo vedere una balena.» Ebby guardò in faccia Rubac con la noncuranza di un giovane di fronte alla mortalità. «Ma abbiamo perso il bambino.»

Una parte di Zantu provò pena per suo fratello. «Cos'è successo?»

Rubac si coprì il viso con entrambe le mani. Ebby si contorse per dargli un abbraccio. Il piccolo rispose per lui: «Didra l'ha fatto cadere negli abissi.»

La pietà nell'anima di Zantu si intensificò, ma non c'era nulla da fare. «Il bambino è di nuovo un tutt'uno con il mare. È tutto quello che chiunque può desiderare.»

Stringendo forte Brianna a sé, si mise in marcia per tornare alla foresta di kelp.

Zantu riportò una Brianna addormentata al suo nido e la depose sul letto di spugna. Passò la notte a tenerla stretta, ad accarezzarla, a fare l'amore con lei, imprimendo ogni momento nella sua memoria in modo che durasse una vita intera. La voleva al suo fianco per sempre, ma se l'incidente di quel giorno gli aveva insegnato qualcosa, era che Brianna non apparteneva all'oceano. Non sapeva cantare. Non riusciva nemmeno a sentire l'intera gamma di note che l'oceano trasportava. E anche se il legame del respiro fosse potuto diventare permanente, non poteva difendersi; la rete era stata un colpo di fortuna, uno che difficilmente si sarebbe ripetuto.

Lei apparteneva alla terraferma.

Se fosse rimasta con lui nell'oceano, avrebbe significato solo la morte per entrambi. E mentre lui sarebbe morto per lei in un batter d'occhio, il pensiero che lei morisse a causa del suo bisogno egoistico di tenerla vicina era inaccettabile. L'unico posto in cui sarebbe stata al sicuro era di nuovo tra la sua gente.

Sapeva che lei avrebbe combattuto la sua decisione. Che avrebbe opposto resistenza al suo piano di rimandarla indietro. Che strano che stesse per attuare proprio la cosa che aveva temuto fin dall'inizio del suo legame di coppia.

Alle prime note del coro mattutino, la sollevò dolcemente e la portò fuori dal nido. Ogni pietra ricoperta di corallo che superava sulla via verso la riva sembrava un peso aggiunto all'anima di Zantu. Emerse mentre dita dorate di luce scintillavano sulle piccole onde della baia che aveva scelto per lei. I polmoni gli parevano stretti da qualcosa di più dell'aria a cui non era abituato, mentre il dolore minacciava di farlo tornare indietro. Si costrinse ad andare avanti, sapendo che quello era l'unico modo per tenere al sicuro la sua compagna. La spiaggia di ciottoli era deserta nella luce del mattino, ma una piccola barca riposava sulla riva, e una casa si intravedeva dall'acqua tra alberi contorti dal vento su una collina rocciosa.

Lei si svegliò mentre la sua coda strusciava sul fondale roccioso, i suoi pensieri assonnati che lo cercavano in cerca di conforto.

«Zantu? Dove siamo?»

Le posò i piedi sul fondale. *«Devi andare a casa, mio pesce angelo.»*

Lei cercò di afferrarlo, le dita che scivolavano sulle sue spalle. *«Aspetta! Non capisco!»*

Lui strinse i denti e si tuffò sotto le onde, nuotando veloce e lontano verso il mare aperto.

«Non lasciarmi! Zantu!»

Le sue grida lo seguirono fino al confine degli abissi selvaggi.

⋙⋘

Zantu navigava lungo la linea d'acqua dove le fredde acque settentrionali incontravano la corrente al largo delle distese di kelp. Da quando aveva abbandonato Brianna, le acque oscure degli abissi selvaggi sembravano richiamare la sua anima. Aveva passato le ultime quattro lune a setacciare il fondale in cerca di tesori. Il suo nido era affollato di oggetti umani, da cornici dorate a macchine di plastica non identificabili.

Ma nessuno di essi era la cosa umana che voleva.

Girò intorno alla lunga cassa di metallo di una nave da carico che si era incastrata su una sporgenza. Questa sembrava integra. L'acqua fredda della corrente inferiore gli era penetrata nelle ossa, e le sue dita erano rigide mentre sollevava un pezzo di basalto per fracassare la serratura. I tritoni non avevano lo strato di grasso che teneva al caldo le balene e gli altri mammiferi marini nelle acque settentrionali, ed era già rimasto laggiù oltre la sua solita resistenza. Ma trovare manufatti umani era l'unica cosa che gli interessava da quando aveva lasciato Brianna, quindi continuò a insistere.

La serratura metallica arrugginita si sbriciolò sotto l'impatto. Una volta rimossa, mise una spalla sotto la sbarra che fissava la porta e spinse. Il fermo cedette con un suono stridente, arrugginito e vuoto, così come le cerniere mentre apriva la porta. Socchiuse gli occhi e inviò una richiesta sonica per giudicare il contenuto.

Cumuli di tessuti marci.

La delusione lo fece sprofondare sull'affioramento roccioso. Rovinati dal mare. Quella sembrava essere la storia della maggior parte delle cose umane laggiù. Rotte. Decomposte. Incapaci di sopravvivere.

Il familiare battito di una balena lo raggiunse, e si rese conto che si era riposato troppo a lungo. Le sue articolazioni erano rigide per il freddo, e il suo cuore sembrava faticare a battere. Addormentarsi sembrava una buona idea.

La balena colpì l'acqua, chiamando il krill che cercava di consumare. Le balene erano una delle poche creature, pesci o mammiferi, ad avere parole nel loro canto. Rubac giurava che fossero le custodi dei miti e si doleva ancora per l'opportunità perduta di elevare suo figlio.

Zantu pensò al suo ultimo incontro con una di esse, quando Brianna era al suo fianco. La creatura non aveva negato la magia dell'elevazione, quindi forse il mito aveva un fondo di verità.

Ma aveva detto anche un'altra cosa. Qualcosa che solo ora tornava alla sua memoria. *«Non vedevo un'umana accoppiata da oltre un secolo. Avete molto da imparare.»*

Zantu aggrottò la fronte, il sangue che pompava un po' più forte. Cosa c'era da imparare? C'era qualcosa che gli era sfuggito? Raccogliendo le forze, costrinse i suoi muscoli freddi a portarlo verso l'alto, verso il canto della balena.

Trovò la balena che girava in cerchio vicino alla superficie, il suo corpo massiccio e sfregiato nero contro la luce.

«Grande balena», chiamò Zantu. Le acque gelide lo avevano privato della voce, e la balena non fece caso al piccolo visitatore, continuando la sua ampia spazzata a bocca aperta tra le nuvole di krill. Ci riprovò. «Grande balena, ho una domanda.»

La balena continuò a ignorarlo, battendo l'acqua.

Zantu rafforzò il suo canto. «Per favore, ho una compagna umana. Mi serve il Vostro aiuto.»

Il battito della balena si fermò, il suo corpo coperto di cirripedi rallentò il suo giro attraverso lo sciame. Rivolse il suo grande occhio nero verso di lui. «Compagna?» gracchiò la creatura. «Come è successo?»

La storia fluì come una corrente di risacca, di come l'aveva incontrata per caso, di come si era dimostrata leale, di come era stato costretto a lasciarla libera. Il racconto lasciò Zantu mentalmente esausto.

La balena riprese a girare in cerchio attraverso il krill. «Se lei non può stare con te, perché non ti unisci a lei?»

La mente di Zantu andò in confusione. «Unirmi a lei? Come potrei farlo?»

«Umani e popolo del mare si sono separati non molto tempo fa nella linea temporale del mondo. Tu puoi respirare l'aria, non è vero?»

Anche se i tritoni evitavano la superficie, Zantu aveva effettivamente respirato aria una manciata di volte e sapeva che era vero. «Sì, ma respirare l'aria è solo una parte del tutto. Lei vive sulla terraferma. Con le gambe.»

Il richiamo ritmato della balena suonò come una risata. «Il popolo del mare ha davvero perso ogni conoscenza della propria magia? Come tu puoi donarle il dono dell'oceano con la respirazione acquatica, lei può donare a te il dono della terra.»

La mente di Zantu vacillò. «Volete dire le gambe?»

«I veri compagni legati da un vincolo scendono a compromessi per stare insieme. A volte uno dà di più, a volte un altro. È così che vanno le cose, se desiderano stare insieme.»

«Potrei vivere sulla terraferma», disse Zantu, rigirandosi le parole in bocca come per assaporarne l'idea.

«Esatto», cantò la balena, e sferzò la coda per inseguire la nuvola di krill in ritirata.

«Aspettate! Come?»

Ma la balena non si fermò. Le sue parole fluttuarono indietro in un'eco di canto. «Se siete legati, lo sai già.»

Zantu non era sicuro di cosa significasse. Ma intendeva scoprirlo. Rinvigorito da una nuova speranza, puntò verso la superficie.

Dodici

Circondata dall'odore di alghe in decomposizione e di salsedine, Brianna si alzò dalla pietra umida e chiuse di scatto il cestino da picnic che aveva contenuto il suo pranzo. Rivolta verso il mare, si spazzolò via i granelli di sabbia dai pantaloni capri di cotone. Come sempre, l'oceano grigio ardesia le sussurrava, con le onde che baciavano la riva con promesse mai mantenute. A volte l'acqua ripuliva la spiaggia, lasciando ciottoli immacolati che brillavano al sole. A volte lasciava strisce di spazzatura. Oggi la spiaggia era pulita.

Chiamò con la mente, come faceva ogni volta prima di lasciare la baia. *«Zantu!»*

Come al solito, in risposta ottenne solo silenzio.

Forse il suo terapista aveva ragione. Il tempo passato nell'oceano era stato un'allucinazione. Il suo compagno un mito.

Quasi a contraddirla, il bambino dentro di lei si mosse, una sensazione simile a minuscole bollicine. Posò la mano sul suo ventre appena arrotondato. «Non preoccuparti, piccolo. So di non essere pazza.»

Dopo il suo ritorno forzato sulla terraferma, aveva salito le scale fino alla piccola casa. La struttura, grigia come il legno di deriva, era ovviamente disabitata da molto tempo, ma la porta era aperta e all'interno aveva trovato dei vecchi vestiti. Dopo una breve passeggiata lungo la stradina sterrata, aveva raggiunto l'autostrada, fermato una macchina ed era tornata in città.

Nel giro di una settimana, Eric aveva firmato le carte del divorzio senza fare domande. Poco dopo, lei aveva scoperto di essere incinta. L'idea di crescere un figlio da sola le spezzava il cuore, ma sapeva che non ci sarebbe mai stato un altro uomo nella sua vita. Zantu era il suo compagno e lo sarebbe stato per sempre.

Aveva comprato una casetta sulla scogliera, affacciata sulla spiaggia di Zantu, e aveva accettato un posto al vicino centro di ricerca marina. Certo, era solo una contabile, ma stare vicino ai pesci e alle altre creature la faceva sentire a casa.

E, a volte, giurava di sentirli cantare.

Posando con cautela i piedi calzati nei sandali sui ciottoli irregolari della spiaggia, si diresse verso le scale che portavano alla casa. La marea stava salendo e, sebbene a volte sognasse di gettarsi di nuovo nell'abbraccio dell'oceano, sapeva bene di non poter sperare di essere salvata una seconda volta. E poi, ora aveva un'altra vita di cui tener conto.

La brezza vivace alle sue spalle sembrava chiamarla per nome mentre camminava, con i sassi che scricchiolavano sotto i suoi piedi. *Brianna...*

Si fermò, inclinando la testa e chiudendo gli occhi per accogliere la carezza del vento. Spesso sognava così, il suo nome sulle labbra del suo amante, la sensazione di quella parola sulla pelle.

«Brianna...»

Aprì gli occhi. Non era il vento. «*Zantu?*»

Il bambino si mosse di nuovo, guizzando dentro di lei come se danzasse al ritmo di una canzone.

«Brianna, ho bisogno di te.»

Si girò di scatto verso il mare, quasi slogandosi una caviglia sui sassi sconnessi. Una coda argentata sferzò l'acqua vicino alla scogliera.

«Zantu», sussurrò, con l'aria nei polmoni che si rifiutava di muoversi. Poi, con quanta forza aveva in corpo, urlò: «Zantu!»

Senza curarsi delle scarpe, dei vestiti, dell'equilibrio, gettò via il cestino da picnic e corse tra le onde. «Zantu, sono qui!»

Una testa apparve sopra la superficie un po' più vicino di prima, i capelli argentati che si confondevano con l'orizzonte coperto di nuvole grigie, poi scomparve.

Si fermò quando l'acqua le arrivò alla vita, con i sandali che scivolavano sul fondale irregolare. Le onde la sollevavano e la lasciavano ricadere. Se l'era immaginato? Fissò l'acqua, chiamandolo con ogni fibra del suo essere. «*Sono qui!*»

Una sagoma argentata si materializzò sotto lo specchio d'acqua di fronte a lei, e poi il torso nudo e splendente di Zantu emerse.

«Oh mio Dio.» Fece un passo avanti, scivolò e cadde tra le sue braccia. Lo coprì di baci sul viso, ingoiò acqua mentre finivano entrambi sott'acqua, trovò la sua bocca per baciarlo.

Lui la spinse via, verso la superficie. «*No.*»

Ansimando e soffocando, piantò le mani sulle sue spalle, i piedi che cercavano disperatamente di toccare il fondo. «*Perché sei qui, allora? Ti prego, non lasciarmi di nuovo.*»

Lui si sollevò di fronte a lei, aiutandola a mettersi in piedi. Lei gli si aggrappò stretta al collo. Gli avvolse le gambe attorno ai fianchi. «*Non ti lascerò andare. Devi portarmi con te.*»

Ridicchiando contro i suoi capelli, lui le fece scivolare le mani più in basso per sostenerle il sedere e cominciò a muoversi verso riva. Inciampò una volta ma si riprese. Stava *camminando* verso la riva.

Brianna quasi lo lasciò andare. «*Cosa...*»

«*Sono qui per te, pesce angelo. È il tuo momento di condividere la magia con me.*»

Emergendo dall'acqua come un antico dio, la portò verso la scogliera.

«*Sei umano!*» Si ritrovò a pronunciare le parole mentre le pensava. Ancora sotto shock, abbassò i piedi a terra per farlo fermare. «*Sei davvero qui per restare?*»

«*Sì.*» Questa volta usò la sua vera voce invece della sola mente. La parola, sebbene pronunciata con un accento straniero, era chiara, profonda e di una sensualità devastante.

Lei fece un passo indietro, lo sguardo che vagava dalle sue ampie spalle al suo ventre muscoloso e più in basso, dove il suo membro era a mezz'asta in mezzo fra radi riccioli argentati. Dove prima c'era la coda, ora aveva gambe perfette e atletiche. La sua attenzione tornò al suo cazzo. «Sei nudo! E sei un uomo.»

Il suo sesso ebbe un fremito in risposta, drizzandosi sull'attenti. «Sì, lo sono.»

Per quanto fosse una tentazione, lei costrinse il proprio sguardo a tornare ai suoi occhi. Erano argentei come ricordava, le sue labbra altrettanto voluttuose. Sollevò una mano per tracciarne il contorno con un dito sulla pelle morbida.

Più in là sulla spiaggia, la voce di un bambino strappò Brianna alla sua lussuria. Sebbene la sua piccola baia fosse generalmente appartata, non era affatto privata. Ci sarebbe stato tempo per esplorare Zantu più tardi. Molto tempo.

«Avrai bisogno di vestiti.» Si sfilò la giacca a vento e gliela avvolse intorno ai fianchi. Con suo grande disappunto e piacere, non copriva tutto, quindi dovette sistemarla di lato per nascondere le parti più importanti.

«Perché tu puoi spogliarti e io devo vestirmi?» Lui tirò il tessuto annodato e lei gli diede un leggero schiaffo sulla mano.

«Hai molto da imparare sugli umani.»

«Non vedo l'ora.»

Lo prese per mano e lo condusse oltre gli sguardi curiosi di due bambini che trasportavano aquiloni lungo la spiaggia battuta dal vento. *«Beh, dovrai imparare dalle basi... papà.»*

Al suo attimo di confusione seguì un grido di gioia che echeggiò tra le scogliere rocciose e suscitò le risate dei bambini vicini. Lui la prese tra le braccia e la fece volteggiare mentre lei ridacchiava.

Insieme salirono le scale verso il loro nido a picco sull'oceano. Aveva trovato il suo compagno. Il suo vero amore. Il padre dei suoi figli.

Carissima lettrice,

grazie per aver letto *Baciata dal tritone*! Spero che la tua fuga sottomarina con Zantu e Brianna ti sia piaciuta. La serie *Anime gemelle mostruose* continua con **Il tritone proibito**. Scopri che cosa accade a Rubac, il fratello di Zantu, ora che si ritrova senza una compagna...

Clicca sulla copertina per acquistarlo subito, oppure continua a leggere per un'anteprima!

XOXO, Tamsin

P.S. Vuoi restare nel mondo di *Baciata dal tritone* ancora un po'? Iscriviti alla mia newsletter VIP e ricevi **subito** una scena **inedita ed esclusiva** che non troverai da nessun'altra parte, oltre ad anteprime e contenuti riservati ai lettori iscritti.

CARA LETTRICE

Iscriviti alla newsletter di Tamsin:

https://BookHip.com/QSXGNSH

Estratto da *Il tritone proibito*

Il motore della barca borbottò, scoppiettò, poi morì in un rantolo secco. Imprecando, Madison spense tutto e si diresse verso il vano motore per regolare l'aria. *Maledetto noleggio.* Si sarebbe incazzata se avesse dovuto chiamare un rimorchio per tornare a riva.

Una nota acuta e dolce rimbalzò sull'acqua come la risata di un bambino. *Cos'è stato?* Sollevò il capo e scrutò le onde. La nota mutò in qualcosa di simile a un oboe o a un sassofono sensuale che teneva una nota lunga, un ritmo ipnotico, pulsante come un battito cardiaco. C'era forse un'altra imbarcazione nelle vicinanze con la musica accesa? Non ne vedeva nessuna.

Chiuse gli occhi, inspirando a fondo l'aria dolce e salmastra prima di riaprirli per cercare la fonte della melodia. Il sole scintillava come diamanti sulla superficie dell'acqua, costringendola a socchiudere gli occhi. Quello che nuotava verso di lei era un uomo?

Scomparve sotto la superficie e la melodia vibrò attraverso il ponte contro i suoi piedi. L'impulso le risalì le gambe in deliziosi brividi per concentrarsi nel suo centro. *Dio, che bella sensazione.* Un attimo dopo, si ritrovò in piedi sulla falchetta.

Un uomo dai capelli scuri affiorò a circa sei metri di distanza, con la barba ben curata stillante. Aveva le spalle larghe e il torso snello e muscoloso di un nuotatore professionista. Un orecchino a forma di conchiglia a spirale gli pendeva da un lobo e una grossa scheggia di madreperla gli trapassava il capezzolo del pettorale sinistro, ben scolpito. Sfiorava con un ritmo ipnotico un oggetto bianco a forma di dente appeso a un cordino intorno al collo, apparentemente imperturbabile all'idea di essere alla deriva in mare. Ciò che la colpì di più, tuttavia, fu la sfumatura verde limone dei suoi occhi. Un senso di vertigine le sbocciò nello stomaco e desiderò fuggire dal dondolio del ponte. Si appoggiò alla falchetta per mantenersi in equilibrio.

«Salve. Ha bisogno di aiuto?» Non sapeva cos'altro chiedere. Era troppo al largo per essere arrivato dalla riva.

Lui aprì la bocca e la sconvolgente melodia fisica che l'aveva spinta verso il bordo della barca si fece più forte.

Il suo centro si contrasse con un'intensità sorprendente, deliziosamente orgasmica. La scienziata dentro di lei si chiese distrattamente se un orgasmo indotto dal suono fosse persino possibile. Poi smise di analizzare e lasciò che la sensazione la travolgesse come se fosse un'onda verde che si infrangeva. I suoi capezzoli si indurirono contro la maglietta e un calore si raccolse nel profondo del suo ventre. Si aggrappò con entrambe le mani al bordo della falchetta, con le gambe che le tremavano.

L'uomo si tuffò, rivelando quella che sembrava una pinna dorsale verde e traforata lungo la spina dorsale. Seguì una coda verde brillante, la cui pinna fluttuante le scagliò contro una pioggia d'acqua. Lei sbatté le palpebre, recuperando un fugace momento di curiosità scientifica. *Era forse...? Impossibile.* Poi la melodia tornò a quel ritmo profondo, che saliva attraverso il ponte, attraverso le sue gambe. Martellando contro il suo bacino come se un uomo le spingesse dentro con forza.

Inspirando bruscamente, gettò la testa all'indietro, persa nell'estasi. L'ondata di sensazione primordiale sopraffece la sua logica. Ogni centimetro della sua pelle fremeva di desiderio elettrico e bramava di essere toccata. Subito.

La sua mano si insinuò sul seno, accarezzando il capezzolo fino a renderlo un picco dolente. Aveva bisogno di più. Aveva bisogno di quell'uomo, che in qualche modo stava risvegliando le sue emozioni più profonde. Chinandosi, con una mano sulla falchetta mentre l'altra le pizzicava ancora il capezzolo, scrutò l'acqua. Dov'era andato?

Il suo viso apparve proprio sotto di lei, salendo per incontrarla. Un paio di occhi verde limone la trafissero, con un intento seducente che rispecchiava le vibrazioni nelle sue ossa. Si sporse in avanti, rispondendo al richiamo.

Lui ruppe la superficie e unì le sue labbra e le unì alle sue labbra. Il contatto la fece precipitare in un orgasmo. La sua presa sulla falchetta si allentò e lei sprofondò oltre lui nell'acqua gelida...

Acquista subito la tua copia di "Il tritone proibito"!

Ringraziamenti

Voi, miei critique partner, sapete chi siete. Vi ringrazio per avermi permesso di attingere alle vostre idee, per il tempo che mi avete generosamente dedicato e per il vostro continuo contributo quando fissavo con il mio editor una scadenza che il nostro programma di revisione non poteva assolutamente rispettare. Questa storia non esisterebbe senza di voi.

L'autrice

C'era una volta, pensavo di voler diventare un'ingegnera biomedica, ma fare esperimenti sui topi di laboratorio non porta sempre a un lieto fine. Ora fondo la mia infatuazione da nerd per la scienza con romance incentrati sui personaggi e lieti fini garantiti. I miei mostri trovano sempre la loro compagna, tra eroine grintose, eroi tormentati e tutti i guai piccanti che riescono a gestire. Ti prometto che le mie storie non ti lasceranno mai in sospeso (anche se potresti desiderarne ancora!).

Quando non scrivo, mi troverai in giardino o in cucina, a esplorare l'Alaska con mio marito o a prepararmi per l'apocalisse zombi. Mi piace anche lavorare all'uncinetto mentre faccio binge watching su Netflix, giocare ai videogiochi e godermi il tempo in famiglia durante la nostra sessione settimanale di D&D.

Vuoi saperne di più su di me? Entra nel mio VIP Club e ricevi libri gratuiti, aggiornamenti e altro materiale fantastico!

>>> news.tamsinley.com/ERHXVo

www.ingramcontent.com/pod-product-compliance
Lightning Source LLC
Chambersburg PA
CBHW071418300726
48976CB00004B/1164